書下ろし

竹馬の契り

替え玉屋 慎三③

尾崎 章

祥伝社文庫

目次

序章

門を叩(たた)く音が夜の静寂(せいじゃく)に響いた。

──誰だ、今時分に……。

江戸は神田(かんだ)、表猿楽町(おもてさるがくちょう)の幕府天文方(てんもんがた)、沢村景友(さわむらかげとも)の屋敷。その使用人部屋で布団(ふとん)を敷こうとしていた下男の梅吉(うめきち)は、眠い目をこすりながら門に向かった。

「どちら様で？」

「北町奉行所の者だ。門を開けられよ」

──奉行所……？

こんな夜更(よふ)けに、と首を傾(かし)げながら、門の閂(かんぬき)を抜いた途端、十名ほどの捕り物方がどっと雪崩(なだ)れ込んできた。

「ひえ！」

腰を抜かした梅吉の脇を通り過ぎ、捕り物方は次々と屋敷に飛び込んでいく。

その時、主人の景友は書斎の行燈の灯りで書物を読んでいた。

そこに近づく複数の足音。

どかどかと廊下を踏み鳴らす音に驚き、おもむろに顔を上げた景友の前でさっと戸が引かれたかと思うと、一人の男が草履も脱がずに部屋に踏み込んできた。

咄嗟に刀に手を伸ばす景友。

それを見た男は首を振った。

「無駄なことは止められよ」

景友はきっと男を睨みつけた。

「何者じゃ？」

「北町奉行所与力、新村祖十郎」

聞いたことのない名だ。

「北町奉行所？　何かの間違いであろう。幕府天文方、沢村景友の屋敷と知って参られたのか？」

「いかにも」

「いったい何用で？」

男は魚のように感情のない目で景友を見た。

「とぼけられては困る」

「え……？」

「例の物はどちらにある？」

景友は眉をひそめた。何を言っているのかさっぱりわからない。

呆然としていると、騒ぎを聞きつけた妻の咲代が真っ蒼な顔でやってきた。

「あなた様、これはいったい？」

「わからぬ。人違いではないかと訊いておるのだが、埒が明かぬ」

そう言っている間にも、捕り物方は屋敷の部屋という部屋に踏み込み、棚や押し入れを開けて中を検めている。

「おやめなされ！」景友は新村に詰め寄った。「いくら奉行所とはいえ、やって良いことと悪いことがあろう。この沢村家は若年寄、京極高尚様ご支配の天文方筆頭。このような狼藉を働くとは許せぬ」

だが、新村は意に介する様子も見せず、配下の捕り物方に次々と指示を出していく。

堪り兼ねた景友がその腕を摑んだ時、屋敷の奥から「新村様、こちらへ！」という声が上がった。

新村は景友の手を振りほどき、奥の部屋に向かった。

景友も後を追う。

声を上げた同心がいたのは書斎の隣にある書庫だった。驚いたことに、床にぽっかりと穴が空いている。

「床の板が微妙にずれていたため、奇妙に思ってこじ開けてみたところ、下に隠し場所がありました」

「ほう……」

頬を緩ませた新村が覗き込んだ。

「そんな馬鹿な……」と呟きながら、景友も身を乗り出した。

隠し場所の底には細長い木箱が置いてあった。

その蓋に書かれた文字を見たとき、景友は思わず目を剝いた。

——これは……。

〈大日本沿海輿地全図 写し〉

木箱の蓋にはそう書かれてあった。

——そんな馬鹿な！

景友の喉がごくりと鳴った。

　蒼(あお)ざめた顔を上げると、目の前にいる新村が薄気味悪い笑顔を浮かべた。

「どうやら密告は本当だったようですな」

「密告……？」

「ええ。貴殿が密かにご禁制の図面の写しを作成し、それを隠し持っておられると」

「なんですと？」

「幕府天文方筆頭という地位にありながら、このような大それたことをなさるとは……」

　景友は慌(あわ)てて首を振った。

「ちょっと待ってくれ。これは何かの間違いだ。それがしにはまったく身に覚えがない」

　新村は眉をひそめた。

「身に覚えのないものが、なぜここに？」

　木箱の蓋を開くと、中から巻物が出てきた。捕り物方の一人が軸棒(じくぼう)の端の上下を持ち、もう一人が紐(ひも)を解(ほど)いて引っ張る。広がった巻物に描かれていたのは日(ひ)の本(もと)の絵図だった。

景友は唖然とした。

――確かに〈大日本沿海輿地全図〉の写し……。なぜここに？

師である伊能忠敬が十回にも及ぶ全国の測量を経て編纂し、その死後は沢村らが後を引き継いで完成に近づけているものだ。

景友は完全に言葉を失った。そして同時に、自分がとんでもない窮地に陥っていることを悟った。覚えのないこととはいえ、ご禁制の絵図の写しが自分の屋敷から見つかったのだ。

――嵌められたのか……？

だが、いったい誰に？　そして、何のために？

廊下に目をやると、妻の咲代がへなへなと腰を抜かしているのが見えた。天文方は世襲制だが、跡継ぎに恵まれなかった沢村家は、他の天文方の家の三男だった景友を婿として迎え入れた。そのような家で育った咲代は、ご禁制の絵図の写しを作ることがどのような重罪に当たるのかを良く知っている。

完全に血の気の失せた景友の顔を覗き込んだ新村は、「では、参りましょうか」と促した。言うまでもなく、行き先は奉行所だ。

景友は新村に向き直った。

「これは何かの間違いだ。京極様に使いの者を送るので、少し待ってほしい」

だが、新村は全く聞く耳を持たない。

「体面もおありでしょう。素直に従われるのであれば、縄は打ちませぬ」

「後生（ごしょう）だから待ってくれ。このまま奉行所に行くわけにはゆかぬ」

新村は溜息（ためいき）をつくと、同心に指示した。

「縄を打て」

数人の捕り物方が景友を取り囲み、体に縄を巻き付けた。

「待ってくれ」

景友は咄嗟に抗（あらが）い、捕り物方の手を振りほどくと、咲代の方へ走り寄ろうとした。

その瞬間、新村の居合が一閃（いっせん）した。

凄（すさ）まじい一刀を受けた景友の体からバッと血飛沫（ちしぶき）が噴き出す。

目を見開き、必死の形相（ぎょうそう）で振り返る景友。

「そのほう、奉行所の者ではないな？」

新村は答えず、魚のような目のまま切っ先を持ち上げた。

「おのれ！」

叫ぶ景友の体に向け、新村の刀が袈裟懸けに振り下ろされた。

「景友様！」

崩れるように床に転がった景友の姿を見た咲代は、叫び声とともに失神してしまった。

「馬鹿が……。抵抗しなければ斬られずに済んだものを」

新村は刀を一振りして血を払い、鞘に納めた。

「どういたしますか？」と同心が訊いた。

「火をつけろ」

「え？」

「ご禁制の絵図が発見されるのを恐れた景友が、自ら屋敷に火をつけたことにすればよい」

「ですが、我々がこの屋敷に入ったことは、周囲の住人に見られているのでは？」

「我々は火を消そうと試みた。だが、火の勢いが強く、果たせなかった。そういうことだ」

「奥方はどういたしましょう？　沢村を斬るところを見られてしまいました」

「捨て置け」

「は？」

「気を失ったまま火の渦に巻かれれば、それまでだ」

「しかし……」

「他に家人は？」

「子供が二人いるはずです。奥で寝ていると思われます」

「置いていく」

「それはあんまりでは？」

「子供二人だけ残ったところで余計に哀(あわ)れというもの。親と一緒にあの世に送ってやったほうがましだ」

同心はやるせない表情で頷(うなず)くと、捕り物方に指示した。

「油を撒(ま)き、火をつけよ」

「この巻物はいかがいたしましょう？」と捕り物方の一人が訊いた。

新村は笑った。

「放っておけ。どうせ偽物だ。焼けて灰になればよい」

その頃、下男の梅吉は二人の子供の寝室にいた。十三歳になる嫡男の新之助と十歳の妹の沙耶だ。

梅吉はまず新之助を起こした。

「賊が押し入ってございます。今すぐお逃げください」

「え？」

驚いて起き上がった新之助は目を見開き、「父上と母上は？」と訊いた。

「景友様は賊に……」

それを聞いた新之助は咄嗟に枕元の刀掛けに手を伸ばした。

「賊はどこじゃ？」

梅吉はその腕を押さえた。

「おやめください。賊は捕り物方の姿をしていますが、いずれも手練れの者たちばかり。新之助様の敵う相手ではございません」

「だが、母上は？」

「咲代様はこの梅吉が必ずお逃がしいたします。新之助様は沙耶様を連れてお逃げください」

「逃げろと言われても、どこへ？」

「京極様のお屋敷へ行かれるのがよろしいかと」

新之助が躊躇していると、部屋のなかにきな臭い煙が漂ってきた。

「火か？」

「賊が放ったのでしょう。もう時間がありません。さあ、早く」

梅吉に背中を押された新之助は、隣の部屋で寝ていた沙耶を起こし、「火事だ」と伝えると、腕を引いて裏口に急いだ。

走りながら、沙耶は「父上と母上は？」と訊いた。

「無事じゃ。火が消せるかどうか、梅吉と一緒に見に行かれた。駄目とわかったら一緒に裏口から逃げることになっている」

新之助の咄嗟の嘘に、沙耶は怯えながらも頷いた。

裏戸から外に出た頃には火の勢いが増していた。もはや手が付けられない。

「父上と母上はまだですか？」と、沙耶が泣きそうな顔で訊いてきた。

新之助は沙耶の両肩を摑むと、言った。

「兄は表口の方に回ってみる。おまえはここで待っておれ」

その時、新之助は父の仇を討つことを決めていた。

――たとえ斬られようとも、せめて一太刀浴びせてやる！

刀の柄に手をかけると、沙耶が必死の形相で抱きついてきた。

「いやです、私も行きます！」

「だめだ。表は火勢が強い。それに、もしかすると父上や母上は裏戸から出てこられるやもしれぬではないか」

言われてみれば確かにそうだ。沙耶は仕方なく頷いた。

「わかりました。ですが、すぐに戻ってきてください」

「わかっておる。もしもここまで火が廻ってきたら、神田明神に逃げるのだ。父上と母上を見つけたら、私は二人を連れてそこへ行く」

沙耶の目に涙があふれた。

「どうかご無事で」

大きく頷いた新之助は、屋敷の塀の外を回って表口へ急いだ。きっと梅吉が母を助けて待っていてくれる。そう念じながら走る。

だが、非情にも、表口に母の姿はなかった。梅吉もいない。

賊たちは早々に立ち去ったと見え、代わりに野次馬たちが集まっている。

「母上！　梅吉！」

新之助は大声で呼んだ。しかし、返ってくるのは野次馬の好奇に満ちた視線だけだ。

――くそ！

思い余った新之助が燃え盛る屋敷に飛び込もうとすると、その体は後ろからがっしりと羽交い締めにされた。火消たちだ。

「もう手遅れだ。諦めな」

「いやだ！」と抗う新之助。

「駄目と言ったら駄目だ」

ぐいと腕を締め上げられ、思わず「痛い！」と声を上げた新之助の視界に一人の武士が映った。頬に火傷のような爛れた傷がある、暗い目をした男だ。その武士は野次馬に紛れて屋敷の様子を窺うと、すっと路地に消えた。

――賊の一味……？

新之助は「待て！」と叫び、火消の腕から逃れようと暴れた。だが、所詮は十三歳の子供だ。丸太のような火消の腕から逃れる術はない。

それでも暴れていると、呆れた火消は「兄ちゃん、勘弁しな」と呟き、新之助の鳩尾に拳を叩き込んだ。

「うっ」

一気に息を吐きだし、肺が空になった。慌てて吸い込もうとするが、腹が引き攣って吸えない。膝を突いてもがいていると、「ごめんよ！」という声とともに、首筋に手拳が打ち込まれた。

——沙耶……。

前のめりに倒れた新之助の意識は、徐々に遠のいていった。

第一章　竹馬の友

一・卯月二日　石見国、浜野藩、木崎村

生い茂っていた草が動いた。よく見ると、草の陰には十数名の男たちが潜んでいる。百姓らしい。みな、襤褸切れのような衣をまとい、骨が透けそうなほど痩せている。

場所は石見国の五万石の小藩、浜野藩にある木崎村だ。そのはずれの草原の中で、頭目らしい百姓が、集まった者たちを見回した。

「おめえら、覚悟はいいな？」

「ああ。もう俺たちに食うものは残ってねえ。このままじゃ飢え死にだ」

百姓の一人が声を上げると、他の者も一斉に頷いた。

「そのとおりだ。四年前の飢饉の傷さえ癒えてねえってのに、これ以上年貢を重

くされたんじゃ飢え死にするしかねえ」

「だがよ……」と、別の百姓がおずおずと口を挟んだ。「だからって、本当に郷蔵(ごうぐら)を襲うのか？　見つかったら打ち首だぜ？」

「それがどうした？　このままでも俺たちは死ぬ。どうせ死ぬなら、その前に家族に腹いっぱい米を食わせてやりてえ」

「ああ。そして俺たちは〈走り〉になるんだ」

〈走り〉とは、村を棄て、他の領主を求めて旅する百姓のことだ。

先程の百姓が、尚(なお)も心配そうに訊いた。

「俺たちを雇ってくれる領主なんて、本当にいるのかよ？」

「隣の広島藩じゃ新田(しんでん)を開発し、百姓が足らねえって聞いている。山越えで藩境をまたぎゃ、なんとかなる」

「なら、このままそっと村を出たほうがいいんじゃねえのかい？」

「馬鹿だな。食う物も持たずに山越えができると思うのか？　米を手に入れるのが先決だ」

頭目格の百姓が周囲を見渡し、訊いた。

「他に言いたいことはあるか？」

　みな首を振った。

「よし。ではおりにやってくれ。米を奪ったら、各々家族を連れて山を越え、広島藩に入る」

　頭目格の男が念押しすると、百姓たちはごくりと唾を飲み込んだ。

　郷蔵の襲撃に失敗したら斬られる。なにしろ村の者が納めた年貢米がすべて保管されている蔵なのだ。たとえ成功したとしても、役人に気づかれずに山越えができるかどうかもわからない。ましてや、広島藩が受け入れてくれるかどうかもしれない。だが、昨年に引き続いて冷夏となった今年の米の収穫は絶望的だ。そして、それに追い打ちをかけたのが、年貢が引き上げられそうだという噂だった。このままでは死ぬしかないという思いが、百姓たちを追い詰めていた。

「では行こう」

　頭目格の百姓が頷いた。それを合図に、男たちは今にも折れそうな細い体で立ち上がり、闇の中を進み始めた。

　半刻も歩くと、目指している郷蔵に着いた。

「よし、行くぞ」

　鍬や鎌を手にした百姓たちは一斉に駆けだした。

しかし、その時、暗闇に無数の松明（たいまつ）が浮かび上がった。

百姓たちの足が止まる。

――しまった……！

百姓たちはみな顔を歪（ゆが）めた。計画が漏（も）れていたのだ。

頭目格の百姓は声を限りに叫んだ。

「逃げろ！」

だが、時はすでに遅かった。飛び出してきた浪人たちは百姓たちに襲い掛かり、容赦（ようしゃ）なく撫（な）で斬（ぎ）りにしていく。そこかしこで悲鳴が上がり、十数名の百姓は瞬（また）く間に斬り捨てられてしまった。

頭目格の百姓は、浪人を雇った庄屋の前に引っ立てられた。

庄屋は虫けらでも見るような目を向け、「馬鹿なことをしたものだ」と吐き捨てた。

「なんだと？」

「働き手を失（な）くしたお前たちの家族は、これから女子供に至るまで毎日土にまみれることになる。だが、それもすべてお前たちの短慮が生んだ結果。哀れなことだのう」

頭目格の百姓は庄屋を睨みつけた。

「俺たち百姓をなんだと思っていやがる！」

「恨むなら私ではなく、江戸で湯水の如く金を使っているお殿様を恨むのだな……」

「だからって俺たちを……」と、そこまで言ったとき、浪人の刀が唸りを上げた。

百姓の首は、口をぱくぱくとさせたまま胴体から離れ、地面に転がった。

その二日後、浜野藩国家老、岡本治長の屋敷を一人の男が訪ねてきた。

男の名は富之助。治長の父の代から親しく付き合っている御用商人の廻船問屋、浅田屋の当主だ。先代当主の父、弥兵衛を数年前に流行り病で亡くし、三十歳で浅田屋の当主となった富之助は、商人の身ゆえ、表玄関ではなく、裏の勝手口からそっと屋敷に入った。

「久方ぶりだな、富之助」

そこに待っていたのは着流し姿の治長だった。治長自らが勝手口まで出向いているとは思ってもいなかった富之助は、驚きのあまり、米搗き飛蝗のように頭を下げた。

「昨夜、商いから戻ってまいりました。治長様もお元気そうで何よりです」

「堅苦しい挨拶は抜きだ。上がってくれ」

家老とはいえ、治長は弱冠三十二歳。父、岡本治時の急逝に伴い、世襲制の永代家老である岡本家の家督を継いだのは数年前のことだ。妾腹の治長は、幼少期に家を出されて家臣の家で育ったのだが、跡継ぎが相次いで早世したため、急遽、岡本家に呼び戻されたのだった。

奥の間に通されると、そこには膳が用意されており、正室の妙子が微笑みながら待っていた。

「ごめんなさいね、富之助さん。驚いたでしょう?」

正室自らの出迎えに慌てて畳に手を付いた富之助は、「ご家老自らのお出迎えとは、心の臓に悪うございます」と言って頭を掻いた。

「この人、富之助さんのこととなると、すぐに子供に戻ってしまうのです。今日も、待ちきれなくて、あのような真似を……」

妙子はころころと笑った。代々郡奉行を務める伊吹家の長女だが、上士の家柄の出であることを鼻にかけるようなことはなく、町人の富之助とも分け隔てなく接してくれる気さくな性格の妻女だ。

「富之助と儂は兄弟のごとく育ったのじゃ。子供に返って何が悪い？」

「ほんにお仲のよろしいことで」

妙子は再び笑うと、富之助に着座を促した。

恐縮しながら腰を下ろした富之助は小柄で色黒。黒目勝ちな大きな目は、まるで常に新しいものを探してでもいるように忙しげに動く。色白で細い目の治長と並ぶと、まるで違う国の人間同士にも見え、それもまた妙子の笑みを誘った。

浜野藩は海産物を大坂や江戸に運んで売り捌くことで利益を得てきたが、その輸送と販売を一手に引き受けていたのが御用商人の浅田屋で、二人の父である岡本治時と浅田屋弥兵衛は肝胆相照らす仲だった。

弥兵衛は、五歳で岡本家を出された治長のことを気にかけ、何かと理由をつけては浅田屋に呼び、歳の近い富之助と遊ばせた。そのため、治長と富之助は幼いころから兄弟のように育った。治長が家老となった今でも、その付き合いは続いている。

恐縮する富之助の盃に酒を注いだ妙子は、「今宵はお二人だけでのお話があると伺っておりますので、私はこれで」と微笑むと、頭を下げて退出した。

それを見送った治長は盃を持ち上げた。

「まずは、久方ぶりの再会に乾杯じゃ」

二人は盃を掲げ、ぐっと酒を飲み干した。

「うん、旨い」

廻船問屋とはいっても、浅田屋は地方の小さな店に過ぎない。当主の富之助は自ら船長として弁才船で荷を運ぶため、陸にいるよりも海の上にいる時間のほうが長い。一方の治長も、このところ繁忙を極めていたため、二人がゆっくり会うのは久しぶりのことであった。

そっと盃を置いた富之助は、思い切って訊いた。

「いくら幼馴染とはいえ、今や治長様は国家老。町人風情の私にお声がけくださるとは、何か特別のご用事でも？」

それには答えず、治長は徳利を差し出した。

「まあ、よいではないか。時間はたんとある」

盃に酒が満たされ、よもやま話が続いた。

航海中に起きた出来事や、荷を届けた遠国の様子を富之助が面白おかしく話すと、膝を打って笑った治長は、そのお返しにと、城下で起きた珍妙な話を披露した。そして話はお互いの幼少期の思い出に及んだ。

「あの頃は、よく川で泥鰌を捕まえたものだな」と治長は懐かしそうに言った。

「鰻もです。鰻屋に売りに行き、その代金で駄菓子を買ったことを憶えておいでですか？」

「忘れるものか。あの時の水飴の甘さは格別であった」

「しかし、その後、『武士の子が鰻を売り、その金で菓子を買うなど言語道断』と、ご養父様にこっぴどく叱られましたな」

治長は笑った。

「あの時ほど武士であることが嫌だったことはないぞ」

「我々商人は売り買いが生業ですが、お武家様はそうはゆきませぬ」

「そうだ。武士とは辛いものと、子供心に思ったものだ。そして、今もそうじゃ」

遠くを見るような目でそう言った治長は、静かに盃を置いた。

富之助はすっと居住まいを正した。

治長は一息つくと、口を開いた。

「数日前、木崎村で百姓たちが郷蔵を襲撃したことは知っておるか？」

「はい。待ち伏せた浪人どもによって皆殺しにされたとか」

「どう思った？」

富之助は困ったような顔をした。

「一介の商人である私にお訊きになりますか？」

「幼馴染としての意見が聞きたい」

「それでは申し上げますが、なにも殺めることはなかったのではないかと思います」

治長は苦渋に満ちた表情で頷いた。

「儂もそう思う。だが、米を盗まれた責めを負うのは庄屋。その庄屋が米を守るために浪人を雇うのを禁止するわけにもゆかぬ」

「百姓が郷蔵を襲ったのは飢えているため。そして、百姓が飢えるのは年貢が高すぎるからではございませぬか？」

「それはわかっている。だが、年貢を下げると江戸の殿への送金ができぬ」

江戸の殿とは、浜野藩主、松野康時のことだ。先代藩主康晴の嫡男として生まれ、文化四年（一八〇七）に家督を継ぎ、今年で四十八歳になる。だが、江戸屋敷で生まれたこともあり、その活動の場はもっぱら江戸だった。

「付け届けのための金でございますか？」

富之助が訊くと、治長は苦い顔で頷いた。

「そうだ」

将軍の小姓として江戸城に上がった康時は、文化九年（一八一二）に奏者番に任命されたのを振り出しとして、文化十四年（一八一七）には寺社奉行兼任、文政五年（一八二二）に大坂城代、文政八年（一八二五）京都所司代と順調に出世し、文政九年（一八二六）には老中に昇格したが、それまでの各所にばら撒いた賄賂は数万両を超える。

富之助が訊いた。

「ですが、ご老中にまでご出世なされた以上、今後はご自身が付け届けを受け取るお立場。これからは江戸から国元に金が還流するのではありませんか？」

商人だけあり、金の流れには詳しい。

だが、治長は残念そうに首を振った。

「儂もそう思うていた。だが、ここに至って事情が変わったのじゃ」

「それは？」

「水谷忠成よ」

「水谷様……？」

「左様。水谷は殿より五つ年若だが、〈人たらし〉とも呼ばれる巧妙な話術となりふり構わぬ賄賂のばらまきによって瞬く間に老中に昇進し、老中首座の地位を狙うところまできた。同じく老中首座を射止めたい殿にとっては強敵じゃ」

「なんと……。それでは、殿は水谷様に勝つため、今後も賄賂をばら撒かれるというのですか？」

「ああ」と、治長は溜息をついた。「そのため、以前よりも大きい金額の送金の催促が江戸から来ている」

幕府の無体な国役に応えるための借財により、浜野藩の財政はただでさえ疲弊している。治長は国家老に就任した直後から倹約を励行し、殖産興業に取り組んできたのだが、四年前の飢饉の傷跡は深く、事態は一向に改善されない。

「借り入れを増やすことは？」

「無理だ。おまえも知ってのとおり、我が藩はすでに江戸や大坂の両替商から巨額の借り入れをしており、その返済期日が迫っている。借財を増やすどころか、返済せねばならぬ状況じゃ」

「借財の返済期日は？」

「半年後には全額を返済せねばならぬ」

「全額とは、おいくらほどで？」

「五万両」

富之助は目を剝いた。

「なんと、五万両？」

「そうだ」

「借り換えは……、できぬのでしょうか？」

一旦返済はするが、すぐに借り直す、すなわち、返済期日を延長するということだ。

治長は首を振った。

「無理じゃ。今回は借り換えなしと釘を刺されている」

「借り先は？」

「越前屋、紀州屋、丹後屋、桔梗屋……」

「桔梗屋……。惣兵衛殿のところですね」

桔梗屋からの借財については富之助も知っていた。だが、他の両替商については初耳だ。

「ああ。桔梗屋は、ある程度の融通をきかせてくれるが、他の両替商は話も聞いてくれぬ」

「で、返済の目途は？」

治長は苦り切った顔で富之助を見た。

「勘定奉行の片倉覚兵衛を知っておろう？」

「はい。あの獅子舞の獅子のような厳めしい顔をした……」

「その覚兵衛が言うには、どう頑張っても一万両がやっとらしい」

「そのことを殿には？」

「何度も文を送った」

「それで？」

「梨の礫じゃ」

「江戸詰め家老の陣内敏則様は？」

「あの腰ぎんちゃく……」と、治長は吐き捨てた。「殿の機嫌を損ねるような諫言は一切せぬ男だ。あてにはならぬ」

「由々しき事態でございますな」

「そうだ。このままでは、儂とおぬしの父が体を張って守ってきた浜野藩は、我々の代で終わることになる」

「それは何としても避けねば」

「それよ……」と呟いた治長は、思い詰めたような目で天井を睨んでいたが、やがて視線を落とし、富之助を見据(みす)えた。

「このうえは、儂が江戸に上り、殿を直々(じきじき)にお諫(いさ)めしようと思う」

「え？」

国元にいるべき国家老が江戸に上って藩主を諫めるなど、聞いたことがない。

「江戸には身分を偽って上る。無論、江戸詰め家老の陣内にも内密にじゃ」

――なんと……。

富之助の背筋を冷たいものが走った。

「何を、なさるおつもりなのですか……？」

「殿が江戸城から上屋敷に戻られるのを待ち伏せ、意見書を手渡す」

「聞き届けていただけない場合は？」

「腹を切る」

――やはり……。

恐れていた通りの言葉を聞いた富之助は、思わず膝を乗り出した。

「一命を擲(なげう)って殿をお諫めするおつもりですか?」

治長はゆっくりと頷いた。

「国家老が腹を切ったとなれば、いくら強欲(ごうよく)な越前屋や紀州屋も返済を待たざるを得まい。同時に、殿に目を覚ましていただき、浪費を止めていただく」

「ですが……」

「儂はこれまで、蚕(かいこ)や炭といった殖産を丹精(たんせい)込めて行ってきた。それが実れば藩の財政は楽になる。だが、それには時間がかかる。今、何か手を打たねば領民は飢える。儂の命一つでそれまでの時間が稼げれば安いものじゃ」

治長は笑みを浮かべながら徳利を持ち上げ、富之助の盃に酒を注ごうとした。

その瞬間、富之助は座布団から下り、いきなり畳に突っ伏した。

「治長様、お願いがございます」

治長は眉をひそめた。

「いきなりどうした?」

「江戸行きはお止めください」

「他に手はない」

「あれば、いかがなさいます？」

治長は深い溜息をついた。

「夢物語を聞くつもりはない」

「夢物語ではございません。私に心づもりがございます」

「なんだと？」

「ただ、これはかなりの危険を伴うもの。それ故、これまでお伝えするのは控えておりました」

治長は当惑したような顔で富之助を見つめた。

「よく、事情が呑み込めぬ」

「無理もございませぬ。まずは、これからする話をお聞きください」

富之助は話を始めた。それは、二年前、嵐で難破して対馬に流されたときのことだった。

治長は「あの時は肝が冷えたぞ」と顔を曇らせた。「弟を失ったと思い、夜も眠れなんだ」

「申し訳ございません。ですが、実は、流されたのは対馬ではなかったのです」

そこから富之助が始めた話は驚愕の内容だった。

「漂流したのは対馬よりもずっと南の島でした。生きては帰れぬと覚悟していたところ、異国の船に救われ、そこからは長崎、対馬と経由し、ようやく戻って参りました」

「では、流された島というのは……」

「おそらく、日の本と清国の中間あたりのものかと」

「島民はいたのか？」

「はい。言葉は通じませなんだが、漢字での筆談でわかりあえました」

兄と慕う治長から幼少時より読み書きの手ほどきを受けた富之助は、この時代の田舎商人には珍しく、かなり難しい漢字での筆談もできた。

「なるほど」

「その島は鬱蒼とした樹木に覆われており、雨量が多く気候は温暖。植物の生育が早いとみえ、木材は太く、背が高うございました。木の種類は杉、欅、桐といった高級木が多く、断崖の近くには、白檀までが生育しておりました」

「二年前、おまえはそのような体験をしていたのか……」

話を聞き終えた治長は、しばらくの間、開けた口を閉じられなかった。

「その木材を持ち帰るというのか……？」

「私が漂着した頃は、まだ手付かずの状態でございました。今はわかりませぬが、あれだけの樹林を二年やそこらで伐採しきれるものではございません。それらの高級木、及び、島を訪れる清国の商人から仕入れる異国の品を浜野に持ち帰り、江戸や大坂で売り捌けば莫大な利益を得ることができましょう。それに加えて、日の本の産物を清国の商人に売りつければ更に利益を得られます。そこから藩に運上金を納めれば借財の返済が可能です」

治長は呆れたといった顔をした。

「気持ちはありがたいが、異国との貿易はご法度。それを知らぬおぬしではあるまい」

「無論にございます。しかし、今はそれをどうこう言っている場合ではございませぬ」

「ご公儀に知れたらただでは済まぬぞ」

「この商いは浅田屋が独断で行うもの。治長様は一切与り知らぬこととしてくださいませ」

「責任を一身で負うと申すか？」

「治長様は切腹覚悟で江戸に行くと申されました。それと同じでございます」

「武士と商人は違うぞ」

富之助は眉を上げた。

「これは異なことを。浜野藩のことを思う気持ちに武士も商人もありますまい」

治長は小さく笑った。

「頑固なところは子供のころから変わっておらぬな」

「それはお互い様でございます」と、富之助は笑い返した。「しかし、この策で借財の返済ができたとしても、殿の浪費が止まらぬ限り、状況は変わりません。ですから、治長様には殿への進言を続けていただきたいのです」

「おぬしが金を稼いでいる間に、殿を説得して国元に目を向けさせよと？」

富之助は頷いた。

「それが、今の我々にできるすべてかと」

うーんと唸った治長は、しばらく腕を組んで考えていたが、やがて「やはり、駄目だ」と答えた。

「おぬしは弟も同然。兄として、弟にそのような危ない橋を渡らせるわけにはゆかぬ」

富之助はぐっと身を乗り出した。

「治長様は兄も同然。弟として、みすみす兄に腹を切らせるわけにはまいりませぬ」

「しかし……」

その後も押し問答が続いたが、富之助は頑として譲らなかった。

「弟として兄を助けるのは当然のこと。それとも、治長様は私を弟と思うてはくださらないのでしょうか？」

その言葉に、治長は目に涙を溜め、頭(こうべ)を垂れた。

「すまぬ……」

富之助は慌てて手を振った。

「何をなさいます。頭をお上げください」

治長は喉から声を絞り出した。

「領民の暮らしが立つように国を治めるのは武士の責務。それを商人のおぬしに押し付けてしまうとは、面目(めんぼく)ない」

富之助はゆっくりと首を振った。

「思い出してくださいませ。子供のころ、鰻を売った金で水飴を求め、二人で舐(な)めながら立てた契(ちぎ)りのことを」

「契り？」

「お忘れですか？　大人になっても二人で力を合わせ、この浜野藩を守り、民を救うと。身分は武士と商人に分かれても、心は一つでございます」

治長は富之助の顔を見据えると、やがてその手を取った。

「憶えておるとも。二人で浜野藩を守り、民を救うのじゃ。力を合わせて、きっとこの難局を乗り切ろうぞ」

二　文月三日　江戸　日本橋

浜野藩の国家老、岡本治長の屋敷での密談から三月あまりが経った。

そして今、富之助は江戸にいる。

浜野の乾物などを船で届けるため、富之助は半年に一回は船で江戸に来ている。今回も、品川で荷を下ろし、得意先への挨拶回りをしているのだ。

商用を済ませた富之助は、定宿にしている神田の〈角木屋〉に帰るため、両国西広小路から横山町へ向かう路地を歩いていた。日の長い夏の夕暮れはまだ明るい。汐見橋を渡ると、朝日稲荷の前では鬼灯売りが天秤棒を下ろし、煙管をふかしながら一服している。

稲荷の赤い鳥居を過ぎれば、角木屋はもうすぐだ。

ほっと息をついたとき、向こうから三つの人影が近づいてくるのが見えた。

一人は浪人風の武士、一人は深編笠を被った虚無僧、もう一人は着物姿の女だ。

——なんとも奇妙な取り合わせだな……。

一瞬警戒したが、ここは江戸だ。様々な人間がいても不思議ではないし、この周辺は特に危険な場所でもない。富之助はさりげなく方向を変え、道の脇に寄った。すると三人も脇に寄った。明らかに行く手を塞いでいる。

——なんだ……？

眉をひそめた時、いきなり浪人が歩を早め、一直線に富之助に向かって来た。手は刀の柄にかかっている。

——え……？

富之助は思わず数歩後ずさった。恐怖で足が竦み、それ以上は動けない。

浪人が鯉口を切った。

——斬られる！

目を瞑った瞬間、腕に激痛が走った。いつの間にか後ろに回った虚無僧が腕を捻り上げているのだ。

「痛……！」

声を上げた口を着物姿の女が布で塞いだ。流れるような手際の良さだ。

浪人は刀を鞘に押し戻し、富之助の鳩尾に拳を叩き込もうとした。だが、その腕は何者かによってがっしりと摑まれた。

振り返ると、そこには背の高い武士が立っていた。

「誰だ？」

「訊きたいのはこっちのほうさ」

浪人の腕から手を放した武士は、富之助に逃げるよう合図した。

富之助はおろおろと数歩進むと、ぺたんと道端に座り込んだ。

浪人が刀を抜いた。

「なぜ我らの邪魔をする？」

それには答えず、武士は刀を抜き、ゆっくりと構えた。

浪人は目を細めた。

「その構え……」

「なんだ？」

「いや……、なんでもない」

浪人は摺り足で前に出た。武士は退かない。

対峙する二人の距離がじりじりと狭まる。

その時、虚無僧が腰の帯からそっと尺八を抜き、口に当てると、ふっと吹いた。

瞬時に身をかわした武士の脇を矢のようなものが飛び去る。

虚無僧がチッと舌打ちするや、今度はもう少し大きな塊が飛んできた。

――手裏剣？

避ける間がないと判断した武士は、その場にどっしりと腰を据え、飛んできた手裏剣を刀で叩き落した。

「くそ！」と女が吐き捨てる。

それを見た虚無僧が声を上げた。

「退くぞ！」

「え？」女は頬を膨らませた。「なにびびってんだよ？　相手は一人じゃないか」

「人が集まってきた。長居は無用だ」

「なんだよ！」

女は悔し気に足を踏み鳴らすと、着物の裾を摑んで走り出した。浪人と虚無僧も後に続き、三人は風のように姿を消した。

何が起きたのかわからず尻餅をついたままの富之助に武士が声をかけた。

「大丈夫か？」

富之助は怯えた目で見上げた。

「あなた様は？」

「久坂新之丞と申す。そして、あそこに立っているのは慎三というもの」

富之助が首を回すと、脇の小道から町人風の髷を結った優男が姿を現わし、ゆっくりと近づいて来た。

「富之助さんだね？」

「はあ……」

次々と出てくる見知らぬ者たちに、富之助はすっかり怯えてしまっている。

警戒心を解くため、慎三は親し気に笑みを浮かべた。

「心配しなくていいぜ。新之丞も俺も、桔梗屋の惣兵衛さんから頼まれて、あんたの後をつけていたんだ」

正体不明の三人に襲われた時から数刻ほど前、富之助は桔梗屋を訪れていた。

浜野藩は近海の海産物で作った品を大坂や江戸に運んで売っているが、桔梗屋はその商売の立ち上げ資金を融通している。そのため、富之助は江戸に来たときは必ず桔梗屋を訪問しているのだが、それは惣兵衛にとっての楽しみでもあった。辛いことも多いに違いないが、そんなことはおくびにも出さず、浜野藩のために身を粉にして働いているこの若者のことを、惣兵衛はいたく気に入っていたからだ。

「今回は、どちらを回って江戸に来られたのですかな？」と訊く惣兵衛に、富之助は真っ黒に潮焼けした顔をほころばせながら頭を下げた。

「浜野から赤間関（下関）を廻り、途中で大坂に立ち寄りました」

「ほう、では、またいつもの面白い話が聞けそうですな」

惣兵衛は富之助が店を訪れる度に話す航海中の逸話を心待ちにしている。

その期待にたがわず、富之助は黒目がちの目をくるくるさせながら、瀬戸内の海で海賊に襲われそうになった話を面白おかしく披露し、惣兵衛は腹を抱えて笑った。

一通りの話が終わると、富之助は居住まいを正した。

「実は、国家老の岡本様からお預かりしているものがございます」

「ご家老様から、ですと？」

「はい」

富之助は懐から一枚の書状を取り出し、惣兵衛に渡した。

「これは？」

「二千両の為替手形でございます。返済の滞っていた借財の返済に充てるべく、岡本様からお預かりして参りました」

「なんと……」

「桔梗屋さんからの借入は一万両。これまで返済してきた五千両にこの二千両を加えても、まだ三千両不足していることは承知しておりますが、そちらも必ずお返しいたします」

惣兵衛はすぐには返答しなかった。

富之助は眉をひそめた。

「なにか、お気に障ることでも……？」

「そうではございません。ただ……」

惣兵衛は言いにくそうに口を開いた。

「失礼を承知でお訊きしますが、ご無理をなさっているのではありませんか？」

最近では似たような商売を始める藩も増え、海産物は値崩れをおこしている。利は増えるどころか薄くなっているはずだ。加えて、浜野藩では四年前の飢饉の爪痕（つめあと）がまだ深く残っていると聞く。借入が返せそうな良い話は何一つない。その状態で、一部とはいえ、延滞分の支払ができるとは思えない。

富之助は首を振った。

「そのようなことはございません。実は他藩の取り扱っていない品も多く扱うことにしまして、それが大いにあたっているのです」

「はて、その商売とは？」

「まず木材。そして、それから作った仏像や仏壇。さらに漆器や陶器」

「ほう……」惣兵衛は目を丸くした。「新たな殖産の品というわけですかな？」

富之助は頷いた。

「はい。岡本様が力をお入れになっているのです。ですから、御心配には及びません。どうかお受け取り下さい」

と、ここまで桔梗屋での惣兵衛と富之助の会話を再現してみせた慎三が、富之助に向かって言った。

「ざっと、こういう内容だったんだってな？」

富之助は呆気（あっけ）にとられた。

「どうしてそこまで……？」

富之助の前を歩いていた新之丞が振り返って答えた。

「おぬしを警護してほしいとの依頼を受けたとき、惣兵衛殿から聞いたのだ」

「惣兵衛さんは、あんたとご家老が危ない商売に手を出しているんじゃないかと心配していたぜ」

富之助は血相を変えた。

「なにをおっしゃいます。本日ご返済した金は、新しく立ち上げた商いで稼いだもの。危ない商売になど手を出してはおりません」

「ほう……。では、あんたはなぜ襲われた？」

富之助は一瞬口ごもり、「ただの物盗（ものと）りでしょう」と答えた。

新之丞は笑った。

「あんな凄腕の物盗りは見たことがないぞ」

「しかし、私には本当に心当たりが……」

慎三は富之助の肩を叩いた。

「そう、むきになりなさんな。それにしても、惣兵衛さんはよほどあんたたちのことが気に入っているようだな」

「え……？」

「あんたのことを浜野藩のような田舎に埋もれさせておくのはもったいないと言っていたし、ご家老のことも、一身を擲って藩の財政を支えようとしている傑出した人物だと褒めていたぜ」

「私のことはさておき、岡本様については、まさにそのとおりです」

「だが、一方で、惣兵衛さんはあんたとご家老の若さを気にかけていた。若いと血気に逸って暴走しがちだ。それが心配だってな」

「それは気にしすぎというもの」

「まあ、そう言うな」と新之丞が口を挟んだ。「兄弟のいない惣兵衛殿にとって、そのほうら二人は年の離れた弟のように思えるらしい」

富之助は困惑気な顔で訊いた。

「ところで、あなた方は惣兵衛さんとどのようなご関係なのですか？」

慎三は「そうだな……」と言いながら顎を撫でた。「さしずめ、困ったときのお助け屋ってところかな?」

新之丞が笑いながら補足した。

「この男、表向きは髪結いだが、裏では〈替え玉屋〉などといういかがわしい商売をしているのだ」

「〈替え玉屋〉とは?」

「他人そっくりの化粧を施して本人になりすまさせ、いろいろと人助けをする稼業さ」

「よく……、わかりません」

慎三は富之助の背中を叩いた。

「まあ、それについては追々説明する。とりあえず俺の店に来てくれないか?」

三人が見えなくなった頃、小道から一人の男が顔を覗かせた。事の始終を密かに眺めていたらしい。

「あやつは……」

男はそう呟くと、頬にある火傷のような傷を指で撫でながら、しばらく物思いにふけっていた。

――いや、思い過ごしか……。

男はやがて思い直したように頷くと、再び小道に姿を消した。

三　文月三日　江戸　深川

深川の慎三の店では辰吉が待っていた。

人相の悪い顔でじろりと睨まれた富之助は、思わず足を止めた。

慎三が笑いかけた。

「替え玉屋の仲間で〈丑三つの辰吉〉っていうんだ。元凄腕の盗人だが、見た目ほど怖い奴じゃねえから安心しな」

――盗人……？

富之助は思わず眉をひそめた。

「なんだよ、その紹介の仕方は」と、辰吉は慎三を見据えて言い返した。

「ほら、その目が怖いんだよ」

「目つきは生まれつきだ。いまさらどうしようもねえ」

「じゃあ、笑顔を作る鍛錬でもしな」

「おぬしら、いい加減にしろ」

新之丞が声を荒らげると、辰吉は「なんでえ……」とぶつぶつ言いながら富之助に向き直り、訊いた。

「あんた、かなり前から何者かに目をつけられていたみたいだが、気づかなかったかい？」

富之助は首を振った。

「いえ、まったく」

「今日、連中が襲ってきたのは、恐らく、あんたに対して抱いていた〈疑念〉が〈確信〉に変わったからだろうな。だから拉致しようとしたに違えねえ」

富之助は眉をひそめた。

「すみません。何をおっしゃっているのか、わかりません」

「連中はあれからどこに行った？」と慎三が訊いた。

「九段坂だ」

辰吉は三人の後を密かにつけていたのだ。

「九段坂……か」

「心当たりがあるのか？」と新之丞。

「たしか、そこには普請役の詰所があるはずだ」

新之丞は腑に落ちないと言った顔をした。

「普請役といえば、街道や橋の管理や普請をする役回りではないか。その普請役が、なぜ富之助殿を拉致する？」

「勘定奉行配下の普請役の役目はそれだけじゃねえ。時には長崎に派遣されて交易の取り調べも行っている」

「どういうことだ？」

「人を雇う経費に恵まれている勘定奉行所は、役に立ちそうな者を取り立てる場合は手っ取り早く普請役で雇う。そのため、普請役の役目は多岐に及ぶ」

「さきほどの連中は公儀の隠密だと？」

「そういったところだろう」

富之助は表情ひとつ変えずに話を聞いているが、その顔から徐々に血の気が引いていくのがわかる。

「大丈夫か？」

新之丞が訊くと、富之助は「ええ……」と頰を強張らせながら答えた。

「やれやれ。惣兵衛さんの心配が的中したってわけだ」

慎三は腰を上げ、襖に手をかけると、すっと引いた。

――え……？

富之助は慌てて膝を組み直した。

なんと、そこには惣兵衛が座っていた。

「そのまま、そのまま」

惣兵衛は差し出した掌を上下に振った。

慎三は富之助に言った。

「驚かせてすまねえ。だが、さっきも言ったように、惣兵衛さんはあんたのことを本気で心配している」

「そのとおりです」

惣兵衛は恐縮している富之助に向かって頷いた。

「黙ってあなたの身辺を探ったことは謝ります。ですが、私はあなたと岡本様のことが気になって仕方がない」

富之助は眉をひそめた。

「なぜ、それほど心配なさるのですか？」

「失礼ながら、利払いさえ滞っていた浜野藩が急に借財を返済できるはずはない。新しい商いを立ち上げたとのことでしたが、そのような甘い話が転がっているとは思えません」

「……」

「あなたと岡本様のことだ。もしや、すべての責任を二人で被り、危ない商売に手を出しているのではないのですか?」

「そのようなことは……」

辰吉が睨みつけた。

「じゃあ、なんで普請役に狙われるんだよ?」

「ですから……、人違いだと」

惣兵衛は溜息をついた。

「富之助さん、あなたと岡本様は昨今では希に見る立派な若者。そんなお二人が、国元のことを顧みないお殿様のために命を懸けるのは見るに忍びない。だから信頼する慎三さんに頼んだのです」

慎三は頷いた。

「最初はとんだ惣兵衛さんの取り越し苦労だと思い、小遣い稼ぎのつもりで引き受けたんだが、瓢箪から駒とはこのことだ。普請役の探索方まで出てきやがった」

辰吉が付け加えた。

「連中が動いているということは、すでに探索が進み、尻尾を摑まれているということだ。早く手を打たないと手遅れになるぜ」

「ご心配はありがたいが、取り越し苦労です……」

惣兵衛は溜息をついた。

「ここまでお話ししてもだめですか……？」

富之助は深く頭を下げ、「借金は必ずご返済します」とだけ言うと、口を閉ざした。

結局、富之助は一切を明かさないまま慎三の店を辞した。

部屋に残った惣兵衛は縋るような目で慎三を見た。

「慎三さん、お願いできないかい？」

「富之助さんについて浜野藩まで出張り、何に手を出しているのかを探れと？」

惣兵衛は頷いた。

「危ない橋を渡っているのなら、すぐにやめさせたいのです」

その時、「ちょっと待って下さい」という声とともに、襖が開いた。

振り返ると、そこには痩せた総髪の男が立っていた。

「おや、文七さん。帰っていたのかい？」

吉原で遊女が客に出す手紙の代筆耕を生業としている〈筆屋の文七〉だ。元を正せば旗本の次男坊で、その深い学識と鋭い洞察力で〈替え玉屋〉の知恵袋になっている。

文七は慎三の前に座ると、言った。

「話は外で聞いていました。普請役が出てきたとなっては我々の手に余ります。下手をするとこっちまで巻き添えになってしまう。それがわかっているからこそ、富之助さんは一切を口にしようとしなかったのだと思います。お気持ちはわかりますが、これ以上の深入りは危険です」

惣兵衛は文七を見た。

「頭ではわかっているのです。ですが、富之助さんを見ていると、若い頃の自分が重なってしまうのです」

「惣兵衛さんのですか？」

「父の跡目を継いだばかりの頃、私は商売のイロハも知らないくせに向こう気だけは強く、父の代からのお得意様の多くを失い、店は傾きかけました。さすがの私も蒼くなり、起死回生の勝負に出たのです」

「それで？」

「誰にも相談せず、大口の商いを紹介してくれるという口利き屋に大金を払ったはいいが、紹介されたのは筋の悪い客で、結局大きな焦げ付きを出してしまいました。それが原因で、いよいよ店が潰れるというときに助けてくれたのが尾張屋の当主の吉右衛門さんでした」

「伊勢にご一緒した喜一郎さんのお父様ですね？」

「はい。若気の至りとはよく言ったもので、当時の私は危ない橋を渡ることに何のためらいもなかった。がむしゃらに前に進むことしか考えず、危ないという感覚すらなかったのです。あの時に父が生きていれば、必ず諫めてくれていたはずですが、その父はいなかった。あの二人も早くにお父上を亡くしている。誰かが諫めなければ、取り返しがつかないことになってしまう」

「ですが……」

　なおも手を引けと言おうとした文七の肩を慎三がそっと叩いた。

「文さん、今回の仕事は下りていいぜ」

「え……？」

「この仕事は俺が一人で請ける」

文七は眉をひそめた。

「ご自分が何を言っているのかおわかりですか？」

それには答えず、慎三は新之丞を見た。

「富之助さんを助けた時、路地から四十がらみの男が見ていた。気が付いたかい？」

新之丞は頷いた。

「おぬしも気付いていたか」

「ああ。その頬に爛れた傷があった」

「確かに。火傷のような傷だった。だが、それがどうした？」

「思い当たる節がある」

惣兵衛が驚いたような目で慎三を見た。

「慎三さんは記憶を失っているのでは？」

「最近、思い出すことがあるのです。まるで寄せ木細工を集めているように、断片的にですがね……」

「で、その男の顔の傷に見覚えがあると？」

「まだ霧の立ち込めたような不確かな記憶でしかありません。しかし、もしもそれが正しいとすると、名前は間宮林蔵。幕府の命で長く蝦夷地におり、探検と測量をしていた男です。今では公儀普請役」

「なるほど。それで九段坂に普請役の詰め所があると？」

「ええ」

「しかし、なぜそこまでの事情を？」

慎三は曖昧に微笑むだけで、答えない。

文七が訊いた。

「その間宮という男、慎三さんとどのような関わりがあるのです？」

「悪いが、今は言えねえ」

「なぜです？」

「まだ確信が持てねえんだ。だが、そいつは危険な男だ。放ってはおけない。俺の心の中の声がそう囁く」

「それが記憶の断片ということですか？」

「おそらくな……」

辰吉が慎三を睨んだ。

「相手は公儀の役人だぜ？」

「ああ。だからみんなを巻き込むわけにはいかない。これは俺の問題だ」

しばらくの間、沈黙が部屋を覆った。

それを破ったのは、茶を載せた盆を持って部屋に入ってきたお咲だった。すれ違った男が思わず振り返るようないい女だが、二つ名は〈鶯のお咲〉。〈替え玉屋〉の仲間で、慎三の化粧で成りすました相手の声をそっくり真似ることができる、声色の名人だ。

「あたしは嫌です。浜野藩がどこにあるのか知りませんが、慎三さんについていきます」

慎三は呆れた顔でお咲を見た。

「事情をわかって言っているのか？」

「事情なんて関係ありません。あたしの居場所は慎三さんのところしかありません。それだけです」

まっすぐに慎三を見返すお咲を見た辰吉は、「仕方がねえなあ……」と呟いた。

「将来の俺の女房を一人で行かせるわけにはいかねえな」

「はあ？」お咲が辰吉を睨み付けた。「誰があんたの女房だって？」

辰吉は笑いながら新之丞を見た。

「おまえはどうする？」

新之丞は一呼吸置くと、答えた。

「拙者も行く」

「日頃から、『慎三は人使いが荒い』と文句を言っているくせに、一体、どういう風の吹き回しだい？」

「今日出会った浪人の言葉が気になる」

「どう気になるんだい？」

「拙者の剣の構えに見覚えがあるらしい」

文七が訊いた。

「仇の手掛かりが摑めるかもしれないということですか？」

「そうだ」

慎三はまじまじと新之丞を見返した。

「本気かい？」

「拙者は自分の仇の手がかりを追うまで。おぬしとは関係ない」

辰吉は文七に視線を向けた。

「仕事で出ている庄治も、訊けば二つ返事だと思うぜ。文さんはどうする？」

庄治とは、〈韋駄天の庄治〉の二つ名を持つ、驚異的な脚力を持つ飛脚だ。

文七は表情ひとつ変えず、辰吉を見返した。

「〈替え玉屋〉はお互いの技量を売り買いする集まり。各々、自分の目的で動くのが信条のはず」

「ほう。他人にどうこう言われる筋合いはないってことかい？」

「はい」

「冷てえ奴だな」

「ただ……」と言葉を継ぎながら、文七は惣兵衛に向き直った。「惣兵衛さん、この仕事の報酬がまだ決まっていませんね」

「ええ……」

「浜野藩から貸付残金を回収できたら、その三割ということでいかがでしょう？もちろん、旅にかかる費用はすべてそちら持ちです」

これまで金のことを一切口にしたことがない文七の申し入れに、惣兵衛は驚いた顔で頷いた。

「はい。結構です……」

「いきなり、どうしたんだい？」と辰吉が訊いた。

「これまで、仕事の金勘定は慎三さんに一任してきましたが、本人が勝手に動くと言っている以上、誰かがやらなければ」

「ほう……」

「仕方がないので、今回の仕事に関する金の受け払いの一切は私が仕切りましょう」

「そういうことなら、俺たちと一緒に来るしかねえぜ？」

「まあ……、そうなりますね」

慎三は不敵な笑みを浮かべた。

「文七さんもいい役者になったな」

「なんのことでしょうか？」

文七は澄ました顔で答えた。

「まあ、いいや」

慎三は文七の肩を叩くと、立ち上がった。

「どちらへ？」

「決まっているじゃねえか。富之助さんの宿さ。江戸を出る前に、できるだけ多くのことを聞き出しておきたい」

「私も同行させておくれ」と、惣兵衛も立ち上がった。

慎三は首を振った。

「申し訳ありませんが、惣兵衛さんがいると話しにくいこともあるでしょう。ここはあたしと文七さんに任せて下さい」

「しかし……」

「そのかわり、お願いがあります」

「なんだい？」

「国家老の岡本様宛の書状を書いてもらえませんか？」

「どのような？」

「借財返済の原資を明らかにしない限り、猶予（ゆうよ）してきた残金は即刻返してもらうと」

「岡本様と富之助さんを脅（おど）すのかい？」

「それしかないでしょう。書状には、返済の原資を確認するまでの間、我々を浜野藩の浅田屋に留め置くと書き添えてください」

「なるほど。慎三さんたちを監視役として送り込むってことにするんだね？」

「そうです」

事情を理解した惣兵衛は、文七の硯箱と筆を借り、その場で書状を認めた。

「これでいいかい？」

「結構です。では、ここから先は私に一任いただきます。それでよろしいですか？」

「わかりました。すべてお任せしましょう」

同じ頃、九段坂の普請役の詰め所では、一人の男が、細い目をますます細めながら、前に座った三人を睨みつけていた。その顔は異様に浅黒い。日焼けのようにも見えるが、いくら普請役は外での仕事が多いとはいえ、ここまで焼けているのは異様だ。よく見ると、頬のあたりには赤く爛れた火傷のような傷があった。

「申し訳ございません、間宮様」と、虚無僧が男に向かって頭を下げた。

男の名は間宮林蔵。蝦夷地と樺太を探検家した男で、伊能忠敬の〈大日本沿海輿地全図〉は間宮の蝦夷測量図がなければ完成しなかったと言われているほどの有能な測量家でもある。顔の浅黒さは日焼けではなく、過酷な蝦夷地探検の名残の雪焼けで、頬の爛れは樺太探検で遭難しかけたときに負った凍傷によるものだった。

間宮は低く響く声で言った。

「事の仔細は路地の陰から見ていたが、まさかお前たちが失敗するとは思わなかったぞ……、風坊」

「申し訳ございません。とんだ邪魔が入りました」

風坊と呼ばれた虚無僧は再び頭を下げた。深編笠を取った顔は無精髭で覆われているが、目は異人のように大きく、それが愛嬌となっている。

「富之助は用心棒を雇ったということか？」

「いえ、あの様子からすると、本人も知らぬ者だったようです」

林蔵は眉をひそめた。

「では、あの二人は、なにゆえ富之助を助けた？」

「さあ……」

「もしくは、こちらの邪魔をするのが目的であったのか……」

「我ら公儀の者の邪魔だてなどして、何の得があるのでしょう？」と、風坊は逆に訊いた。「それとも、何かお心当たりでも？」

林蔵はすぐには答えず、少しばかり物思いにふけるような仕草を見せたが、それも長くは続かなかった。

「いや、ない」

「そうですか」

次に、林蔵は虚無僧の隣に座っている浪人に訊いた。

「佐之助、あの背の高い武士は強かったのか？」

削がれたように頬のこけた浪人はゆっくりと頷いた。

「人が集まり始めたため、剣を交える前に引きましたが、相当の手練れと思われます」

「さすがは佐之助。剣を交えずともわかるのか」

「はい。それに、あの独特の構えはどこかで見たような……」

「以前、闘ったことがあると？」

「いえ、ありませぬ。ですが、もしも斬り合ったとしたらかなり苦戦するでしょう」

「なんだい、大の男がびびりやがって」と女が声を上げた。「恥ずかしくないのかい？」

間宮はくくっと笑った。

「そう言うな、お凛。おまえの手裏剣も弾き返されたではないか」

「間宮様、それを言うなら風坊の吹き矢も同じですよ」

風坊は面目なさげに頷いた。

「私の吹き矢を避けられたのは初めてです」

間宮はうーんと唸った。

「富之助が江戸に出てきたのを幸い、拉致して自白させようと思ったのだが、うまくいかなかったか……」

実は、林蔵は以前から浜野藩に目をつけていた。なぜなら、山間部の開発がそれほど進んでいないはずの同藩から様々な種類の高級木材が出荷され、江戸や大坂で、高値で取引されているとの情報を摑んだからだ。なかには石見地方では育たないはずの高級香木まであるという。加えて、我が国のものとは思えない壺や皿、仏像といった品を出回らせているのも浜野藩だという。そのため、間宮は、藩お抱えの廻船問屋である浅田屋の当主、富之助が江戸へ出てきた機会を捉え、身柄を拘束して事実を聞き出そうとしたのだ。だが、その目論見(もくろみ)は何者かによって妨害され、失敗した。

――かくなるうえは浜野藩に乗り込み、証拠を掴むしかないか……。

ここで林蔵は再び考え込んだ。

風坊たちは、またいつもの癖が始まったといった顔でそれを見た。

何か行動を起こす前、林蔵は必ず長い黙考に入る。それは蝦夷にいたころからの癖だった。

過酷な環境の蝦夷地では、短慮は即、命にかかわる。実際、林蔵の仲間の多くが蝦夷の自然を見くびり、綿密な行動計画も立てぬまま探検に出て二度と戻らなかった。

しばらくして目を開けた林蔵は三人を見据えた。

「出立(しゅったつ)の用意をせよ。大坂に行く」

「大坂ですか?」と風坊が訊いた。「まっすぐ浜野藩に乗り込むのではないのですか?」

「浜野藩を含む西国(さいごく)諸藩の監視は大坂城代とその配下の大坂町奉行所の責務。いくら普請役が幕府直轄(ちょっかつ)とはいえ、奉行所に断りを入れなければ、後々(のちのち)、面倒なことになる」

「わかりました」

風坊は頷いた。とはいえ、納得しているわけではない。隠密行動の鉄則は行き先を明かさぬことだ。それでも大坂町奉行に会うというのは、単に政治的な配慮に他ならないのだろう。

――似合わぬことを……。

そう思うと同時に、風坊は林蔵に同情した。蝦夷地の探検中は誰の指示や監督も受けなかったであろうし、第一、干渉しようにも、林蔵以上に蝦夷地に詳しい者はいなかったのだ。羽が生えたがごとく、広大な未開の地を自由に動き回っていたに違いない。それが、内地では何をするにも上下関係に縛られる。さぞかしやり難いに違いない。それというのも、林蔵の出自が農民だからだ。いくら有能であろうと、いくら目覚ましい成果を上げようと、出世は望めない。せいぜい下級武士の端くれに加えて貰えるくらいのものだ。

そんな風坊の想いを知ってか知らずか、林蔵は淡々と三人に指示した。

「いつも通り、儂は商人、風坊は諸国を巡る虚無僧、佐之助は仕官先を探す浪人、お凜はその妻ということにする」

「またですか？」と、お凛は口を尖らせた。「この陰気臭い男の妻なんて願い下げですよ。三味線弾きの女芸人ではだめですか？」

風坊がたしなめた。

「我が儘を言うな。諸藩は幕府の隠密に目を光らせている。商人、虚無僧、浪人と女芸人の四人連れではよけい怪しまれる」

「それを言うなら、あんたの虚無僧姿ってのも相当怪しいよ」

「おまえ、何も知らぬな。武家でなければ入門できぬ普化宗の修行僧である虚無僧は、権現様の出された〈慶長之掟書〉により帯刀を許され、修行のために諸国を旅できるのだ。これほど身を隠すのに適した姿は……」

「ああ、ああ、わかったよ」と、お凛はうんざりしたように言った。「その話は何度も聞いたよ。だけど、たとえ怪しまれて捕まったところで、所詮あたいたちは使い捨ての駒だ。間宮様だって、それを承知で、あたいらみたいな下賤の者をお使いなのでしょう？」

「お凛、口を慎め」と風坊がたしなめた。「我らのような者が、こうやって座敷に上げていただいているだけでもありがたいのだぞ」

お凛は「ふん」と鼻を鳴らすと、そっぽを向いた。

苦笑いした林蔵は、「お凜のいう事も、もっともだ」と頷いた。「だが、それは儂とて同じ。命がけで蝦夷地を探索し、日の本の正確な絵図の作成に寄与したにもかかわらず、その功績はすべて幕府天文方のものとなり、儂に与えられたのはこの普請役という職禄（しょくろく）五十俵（ぴょう）三人扶持（ぶち）の木っ端（こっぱ）なる役回りのみ。所詮、我が身も幕府の使い捨て。であれば、普請役探索方という肩書を大いに利用して外様（とざま）諸藩の弱みを握（にぎ）り、それを徹底的に暴（あば）いて藩を取り潰しに追い込む。そして、その功績を幕府に認めさせ、使い捨ての意地を見せてやるのだ。以前から申しておるように、その暁（あかつき）には、おぬしらにも相応の報酬を約束する。風坊とお凜には金、佐之助にはいずれかの藩の剣術指南役への仕官」

佐之助は静かに目を閉じた。

「流浪（るろう）の身となり早七年。剣術指南役への仕官はわが夢……」

「あたいだって、こんな裏の仕事なんて早く見切りをつけて、呑み屋でもいいから自分の店を持ちたいさ。風坊だって同じだろう？」

「百姓上がりの私は武士にはなれぬが、身に付けた武術を教える道場でも開きたいものだ」

林蔵は大きく頷いた。

「夢を持つのは良いことだ。今回の件で浜野藩を取り潰すことができれば、その夢に一歩近づける。蝦夷地から江戸へ戻る道中で、食うことにも困っていたお前たちを拾ったのも何かの縁。儂を信じて付いてきてくれ」

三人は深々と頭を下げると、「はっ」と答えた。

四. 文月三日 江戸 日本橋

その半刻ほど後、慎三と文七は日本橋（にほんばし）横山町の旅籠（はたご）〈角木屋〉で富之助と向き合っていた。

惣兵衛の書状を読み終えた富之助は、「ここまで心配していただいているとは……」と深く息を吐き、黙考すると、やがて覚悟を決めたかのように口を開いた。

富之助の話を聞き終えた時、慎三と文七は、驚愕のあまり、開いた口を閉じることができなかった。

しばらくして、気を取り直した慎三が訊いた。

「富之助さんは、ご公儀の禁じている異国との取引をしているってことかい？」

　富之助はそうとも違うとも答えなかった。

「先程申し上げたように、そこは私が二年前に嵐で漂着した島。異国なのかどうかはわかりません」

「よく、再びその島にたどり着けましたね」

「正直、苦労しました。我々は陸の目標物を確かめながら岸伝いに航海する〈地乗り〉しかやったことがありません。夜は陸地で焚かれるかがり火などを目印にして船を進めています。それが、いったん外洋に出ると、目印になるものはお天道様と星くらいしかない。幸い、漂流したときの星の位置を憶えていましたので、治長様に無理を言って羅針盤なるものを購入していただき、五島列島の福江島からひたすら南西に向かいました」

　慎三と文七は互いに顔を見あわせた。羅針盤ひとつで大海原に乗り出すとは、なんと大胆な男なのだろう。

　文七が訊いた。

「島民の使っている言葉は？」

「理解できませぬが、漢字を書けばわかってもらえます」

「では、清国の島なのでは？」

富之助は首を振った。

「我が国とて、津軽と薩摩の人間同士では話は通じませぬ。琉球ともなればなおさら。言葉が通じぬというだけで異国と判断はできませぬ」

「取引に使う貨幣はどうされているのです？」

「ご存じの通り、京・大坂を中心とする西国では銀貨を基本に取引しておりますので、当初は銀で支払おうとしたのですが、島民は金での取引を求めてきました。そこで、金貨である慶長小判で支払いました」

慎三はうーんと唸った。

「あくまで異国ではないと言い張るおつもりですかい？」

「はい。筆談とはいえ言葉が通じ、我が国の小判での支払いができるのです」

文七は呆れた顔で言った。

「言葉が通じるのは漢字を使うからで、小判が使えるのは金貨だからではないのですか？」

慎三が訊いた。

「その島から持ってきた材木はどうやって売り捌いているんだい？」

「一度に売ったのでは目立ちますので、小分けにして諸国の材木問屋に売っています」

「材木問屋は、仕入れ先について詮索（せんさく）してきませんでしたか？」

「取引はごく限られた信用のおける者としか行っていません。彼らには、材木は浜野領内で伐ったか、または他藩から仕入れたものと説明しています」

「なるほど」と頷いた慎三だったが、内心、その説明には無理があると考えた。

そもそも、富之助の扱っている白檀のような高級香木は国内では採れないし、他藩から仕入れたとしても、目が飛び出るほど高くつく。

――案外、材木問屋経由で漏れたのかもしれねえな……。

いずれにしても、事は一刻を争う。間宮たちより早く浜野藩に入り、様々な算段をしなければならない。

慎三が頭を捻（ひね）っていると、文七が「ちょっと宜しいですか？」と声をかけ、隣室を指した。二人で話したいというのだ。

富之助に断り、隣室に移動すると、文七は声を落として話し始めた。

「どう言い逃れしようとも、富之助さんが異国と取引をしている疑いは避けられません。惣兵衛さんからは、危ない橋を渡っているようなら止めて欲しいと頼まれましたが、本人にその気はないようです」

「この商いを止めれば領民が飢えるからな」

「しかし、この件に係わって普請役を敵に回せば、我々はご公儀に刃向かうことになってしまいます」

「異国との商いが露見すれば、だろう？」

「え？」

「ご公儀が諸藩に異国との交易を禁じる理由は二つ。一つは交易の富を幕府が独占すること。そして二つ目は交易によって西国の外様諸藩が豊かになるのを防ぐためだ」

「しかし、対馬藩は朝鮮との交易を許されています」

「それは、ご公儀が朝鮮との橋渡し役を対馬藩に委ねているからだ。だから、対馬藩が長年に亘って外交文書を偽造してきたにもかかわらず、ご公儀はそれを許した」

「寛永十二年の〈柳川一件〉ですな？」

「ああ。朝鮮との外交を仕切れる人材のいないご公儀は、それを対馬藩に任せるしかなかったのさ」

「しかし、それと今回の件と、どう関係があると？」

「簡単さ。異国との貿易の可否が幕府の都合で決められるのであれば、異国かどうかの判断はこちらでさせてもらう」

文七は首を傾げた。

「すみません。いつものことながら、慎三さんの頭の回転にはついて行けません」

「まあ、詳しくは後で説明するさ」

「いつもそうではないですか……」

文七を連れて富之助の部屋に戻った慎三は、「待たせてすまなかったな」と言って腰を下ろすと、これから行う策略について説明した。

「え？」

聞き終えた富之助は大きく目を見開いた。

隣で説明を聞いていた文七も、その策の奇抜さに度肝を抜かれ、返す言葉を失った。

暫くして、ようやく富之助が口を動かした。

「そんなこと、本当にできるのですか？」

「できなければ浜野藩は取り潰される」

「相当な準備が必要ですよ？」と文七。

「だからこそ時間が惜しい。富之助さん、明日にでも船を出せるかい？」

「まだ江戸での古着の買い付けが残っていますが……」

「浜野藩が取り潰されれば商売自体ができなくなるんだぜ。迷っている場合かい？」

うーんと唸った富之助は、しばらく頭を抱えていたが、やがて観念したように言った。

「わかりました。買い付けは中断して船を出しましょう。まず大坂に行き、そこから瀬戸内を通って赤間関を抜け、北海（日本海）廻りで浜野に向かいます」

——船で……？

文七の目の前が真っ暗になった。以前、文七は船で江戸から伊勢に行ったが、船酔いで廃人同様になった。今回はその三倍、いや四倍も長い船旅になるのだ。とても生きて浜野に辿り着けるとは思えない。

蒼白になった文七を見て、慎三が笑った。

「一気に浜野まで行くわけじゃねえ。大坂でいったん陸に上がる」

「慎三さんは外海を航海したことがないからそう言えるのです。海が荒れたときの船酔いの苦しさは筆舌に尽くしがたいですよ」

「じゃあ、歩いていくかい？」

「それは……」文七は口籠った。「時間がかかりすぎます」

「ならどうする？」

しばらく躊躇していた文七は、やがて諦めたように言った。

「船しか……、ありませんね」

「だよな」

「ですが、辰吉さんと新之丞さん、それにお咲さんと庄治はどうしますか？」

「来たければ来ればいい。ただし、歩きだ」

「ざっと一月はかかりますよ。お咲さんは耐えられますかね？」

「なら、諦めさせるさ」

「それは無理でしょう。死んでもついて行くと言い張るに決まっています」

「面倒くせえな」

「仕方ありませんよ。慎三さんに惚れているのですから」

慎三は咳払いすると、憮然とした顔で言った。

「いつものように、通行手形の手配は宜しく頼むぜ」

「承知しました。明日の出立となると時間がない。早速(さっそく)準備に入ります」

翌朝、慎三と文七を乗せた浅田屋の長正丸(ちょうせいまる)は品川(しながわ)から出港した。

後を追う辰吉、新之丞、庄治、お咲の四人は江戸を出立する前に桔梗屋を訪れた。早朝に出発した慎三たちに代わって、替え玉屋の全員が浜野藩に向かうことを伝えるためだ。

惣兵衛は、お咲までが浜野に行くと聞き、驚いた。

「浜野までの旅は女のあなたにはきつい。江戸に残ってはいかがですか？」

だが、お咲は口を真一文字に閉じたまま首を振るばかりだ。

「すみません」と、辰吉が代わって答えた。「文七さんの作った関所手形では、お咲さんはあっしの女房ってことになってますんで、外せないんですよ」

お咲がきっと睨む。

「なに勝手なことを頼んだんだよ。おかげで道中、旅籠で同じ部屋に泊まるはめになったじゃないか」

「俺のことを信じてねえのかよ？」

「それ以前に、あんたの鼾(いびき)じゃ眠れないよ」

「まあまあ」と惣兵衛が割って入った。「お咲さんの意志は固いようだ。これ以上は止めませんが、どうかくれぐれも気をつけてください」

「おいらたちがついていますんで、だいじょうぶでさあ。ねえ、新之丞さん？」

胸を叩く庄治に、新之丞が苦笑いを返した。

惣兵衛は、「それは心強い」と微笑みながら、紫色の袱紗の包みを差し出した。

辰吉がそれを解くと、何枚もの小判が出てきた。

「路銀です」

「こんなに……？」

「あなたたちには、確実に浜野藩に辿り着いていただかないと困る。遠慮なく使ってください」

辰吉とお咲が目を合わせるなか、すっと手を伸ばした庄治が小判を摑み、懐に入れた。

「辰吉さんじゃ賭場で使っちまうかもしれないんで、おいらが預かりますよ。飛脚なもんで」

惣兵衛は大福餅のような顔を綻ばせた。

「それがようございます」

「なんだよ！」

辰吉が不満げな声を上げたところで、番頭の益次郎が障子越しに声をかけてきた。

「旦那様、大坂からのお客様が……」

その声が終わらないうちに障子が開き、一人のうら若い女性が飛び込んできた。

惣兵衛は目を丸くした。

「加代さん！　なぜここに？」

それは大坂の廻船問屋、岩田屋の娘で、富之助の許嫁の加代だった。岩田屋と親しい惣兵衛は、加代のことは子供の頃から知っている。

走ってきたらしい加代は、肩を上下させながら息を整えると、惣兵衛を見詰めた。

「富之助さんの居場所をご存じないですか？」

「まさか、富之助さんを追いかけて来られたのですか？」

加代は頷いた。

「富之助さんは、江戸への航海の途中で大坂に立ち寄られたのですが、そのときの様子がいつもと違ったのです。一緒に外を歩いても、どこかそわそわしていたり、周囲を気にしたり……。それが気になって居ても立ってもいられず、江戸に向かう店の船に飛び乗ってしまいました」

「なんと……、女の身で？」

「はい」

「手形もなしに？」

「ずっと船倉に隠れておりました」

　惣兵衛は呆れた。加代は子供の頃から男勝りの性格で、岩田屋の当主の庄右衛門は、常々、加代が男であったなら跡取りにしたかったと言っていた。加代は加代で、人目を引く華やかな容姿から縁談が絶えなかったが、並の男では物足りず、全てを断っていた。

　その加代が見染めたのが富之助だった。大きな目をくるくる動かしながら商売のことを熱く語る富之助に一目惚れした加代は、浅田屋に嫁ぐことを勝手に決めた。父の庄右衛門は驚き、遠い石見の小さな廻船問屋に嫁がせることに難色を示したが、言い出したら聞かない加代はまったく動じなかった。

　その加代が、美しい顔に必死の形相を浮かべて惣兵衛に訴えている。

「神田の角木屋に泊まると聞いていたもので……、行ってみたのですが、既に引き払ったというのです」

「それでこちらへ？」

「はい。江戸では桔梗屋さんに立ち寄るとのことでしたので」

その時、辰吉が横から口を挟んだ。

「あんた、一足遅かったな」

「え？」

周囲に注意を払っていなかった加代は、初めて見る人相の悪い男に驚いて身を退いた。

「ほら、急に怖い男に声をかけられて怯えているじゃないか」

眉をひそめたお咲は、すっと膝を回し、加代に向き直った。

「脅かしてごめんさない。富之助さんは、今朝、大坂に向けて江戸を発たれましたよ」

「大坂に……？」

加代の細い体から一気に力がぬけ、思わずその場に頽れそうになった。咄嗟に手を伸ばしたお咲がそれを支えた。

「大丈夫？」

「急な用事ができたとかで、予定を早められたようです」と惣兵衛が付け加えた。

加代は涙目を向けた。

「富之助さん、誰かに付け狙われているのではないでしょうか？」

――恐ろしく勘のいい女だな……。

辰吉は息を呑んだ。富之助のちょっとした顔色の変化から状況を嗅(か)ぎ取ったのだろう。

何と答えてよいやらわからぬ惣兵衛は、苦しげな顔で首を振った。

「はて……」

その時、お咲が意を決したように口を開いた。

「あなたの心配しているとおり。富之助さんは何者かに狙われています」

「おいっ」と辰吉が声を上げた。「なに言ってんだよ？」

きっと見返すお咲。

「惚れた男のためにここまで来たんだ。誤魔化(ごまか)すのは失礼だよ」

「でもよ……」

新之丞が手を上げた。

「お咲殿の言うとおりだ。ここは正直に伝え、加代殿の助けも借りた方がいい」

お咲は頷くと、富之助が危ない商売に手を出しているかもしれないこと、そして、それを幕府の探索方が嗅ぎまわっているらしいことを伝えた。

加代の顔から一気に血の気が引いた。

「危ない商売って、一体何なのですか？」

「あたしたちも詳しくは知らされていないの」

「でも、それでは助けようがないではないですか」

「今、仲間が富之助さんと一緒に浜野藩に向かっているの。あたしたちもこれから江戸を発つところ」

「あなたたちは一体……」

「この人たちなら大丈夫ですよ」と惣兵衛が保証した。「私が心から信頼している人たちです。困ったことは何でも解決してくれるのですよ」

加代の顔が輝いた。

「本当ですか？」

「あたぼうよ」と辰吉が胸を叩いた。

庄治が心配そうな顔で訊いた。

「いいんですか？　そんなこと言って」

「あたりめえじゃねえか。俺たちで駄目でも、慎三が何とかしてくれるさ」

「なんだい、結局は慎三さん頼みかい」

お咲が辰吉に冷たい視線を送った時、加代が声を上げた。

「では、うちの船に乗ってください」

「岩田屋さんの船は江戸に着いたばかりでは？」と惣兵衛。

「持ち船は数隻あります。乗ってきた船はしばらく江戸に留まりますが、これから大坂に戻る船もあるのです」

辰吉が「すげえ」と唸った。「さすがは大坂の大店だぜ」

お咲は心配そうな顔をした。

「船に……、乗るの？」

「そうさ。歩くより早く大坂に着く。そうすりゃ、早く慎三たちを助けられる」

「そう、……か」

「新之丞さんと庄治も乗るよな？」

新之丞は「歩かずに済むならそうしよう」と答えたが、庄治は首を振った。

「なんでだよ?」と辰吉。

「水の上なんて御免です。それに、大坂なら走ったほうが早いですよ」

「なるほど……」辰吉は感心したように唸った。「まあ、おまえならそうだろうな」

「では……」と加代が皆を見回した。

お咲は意を決したように頷いた。

「一緒に行きましょう。一日も早く慎三さんを助けなければ」

第二章　眩(くら)ましの甚五郎(じんごろう)

一・文月十四日　大坂

富之助の操る浅田屋の長正丸は大坂の港に入った。

幸(さいわ)い、海はそれほど荒れず、重い船酔いに苦しまずに済んだ慎三と文七は、富之助と一緒に天満橋(てんまばし)近くの宿に入った。

驚いたことに、そこには庄治が待っていた。

慎三は目を丸くした。

「おまえ、辰吉や新之丞たちを道中で置き去りにしてきちまったのか？」

庄治は首を振り、辰吉、新之丞、お咲の三人は、富之助の許嫁(いいなずけ)の加代と一緒に船で大坂に向かっていることを伝えた。

富之助は驚愕(きょうがく)した。

「なぜ加代さんが江戸に？」

「大坂に立ち寄った時のあなたの様子が変だったことを心配して、岩田屋さんの船に飛び乗って江戸に来たと言っていました」

慎三が感心したように富之助を見た。

「あんたの許嫁って、すげえな」

富之助は蒼い顔で答えた。

「単に無鉄砲なだけです」

文七が庄治に訊いた。

「その加代さんって方は、江戸に着いてすぐに三人を船に乗せ、取って返して大坂に向かっているというのですか？」

「はい。お咲さんは嫌がっていましたが、慎三さんを早く助けたい一心で、船に乗ることを決心されました」

文七は唸り声を上げた。

「まるで秀吉の中国大返しですね……」

「岩田屋っていうのは、大坂でも指折りの廻船問屋だよな？」と慎三が富之助に訊いた。

「失礼を承知で訊くが、どうしてそんな大店の娘さんが浜野の廻船問屋の嫁に？」

口籠る富之助に代わって庄治が答えた。

「加代さんのほうが富之助さんにぞっこんらしいです」

「ほう……」

富之助は薄く頰を染めた。

「加代さんは、私のような者にはもったいない人です」

「だが、婿の一大事とあっては岩田屋も黙ってはいられないだろう。こっちにとっちゃ好都合だぜ」

富之助は慌てて首を振った。

「この件に岩田屋さんを巻き込むわけにはいきません」

慎三はにやりと笑った。

「わかっている。決して迷惑がかからないようにするさ。だが、あんたの許嫁には一肌脱いでもらうことになるだろう。その時はよろしく頼むぜ」

「はあ……」

四人が話していると、女中が茶を運んできた。忙しいのか、これがいつもの態度なのか、愛想も何もない。茶も、茶葉が入っているのかどうかもわからないほどに薄い。

慎三は女中に訊いた。

「江戸じゃ、上方の酒を〈下り酒〉と呼んで、ありがたがって呑んでいるんだ。知っているかい？」

女中は「へえ、存じてます」と、そっけなく答えた。「上方の酒は諸白（清酒）です。江戸の濁酒と一緒にされては困ります」

「そうそう。上方の酒は透き通っている。するとなにかい？　上方では、酒だけでなく、茶まで透き通っているのかい？」

嫌味だと気付いた女中は、ふんと鼻を鳴らし、太った体を揺すりながら部屋から出て行った。

迫力ある後ろ姿を見送りながら、無色無味の茶で喉を潤すと、慎三は富之助に言った。

「文七さんと庄治を連れて出かけてくる。あんたは宿から出ないようにしてくれ」

「どちらへ行かれるのです？」

「初めての地だ。道や街並みを頭に入れておきたい。晩飯までには帰ってくるよ」

　宿を出た慎三が向かったのは道頓堀だった。

　道頓堀は歌舞伎六座、浄瑠璃五座、からくり一座の計十二座が軒を並べる興業街だ。まだ早い時間にもかかわらず、目当ての出し物の良い席を確保しようという客で、すでにかなりの人出だった。

　その人ごみのなか、慎三は芝居小屋の前の通りを歩いていった。

「この忙しい時に呑気に芝居見物ですか？」

　文七は、どんどん進んでいく慎三に遅れまいと、必死で人を掻き分けながら嫌味を言った。

　だが、慎三は速度を緩めようともしない。

　どれだけ歩いただろうか。ようやく慎三の足が止まったのは〈有楽座〉という看板の掲げられた芝居小屋の前だった。角之芝居・中座之芝居・竹本座といった有名どころに比べると、かなり貧相な小屋だ。

慎三はしばらく看板を見上げて立ち止まっていたが、やがて芝居小屋の脇の小道に入っていった。

仕方なく、文七たちも続く。

小屋の裏に回ると勝手口があった。

「ここで待っていてくれ」

そう言い残すと、慎三は勝手口を開け、足を踏み入れた。

眉をひそめた庄治が文七の顔を見た。

「どうなっているんでしょう？」

「さあな……」

やがて、慎三は「仕方ねえなあ」とぼやきながら小屋から出てきた。

「どうしたのですか？」

「あのおっさん、腕はいいんだが酒癖が悪い。それが祟(たた)って、ここも追い出されちまったみたいだ」

「誰ですか？　そのおっさんって？」と庄治が訊いた。

「〈眩(くら)ましの甚五郎(じんごろう)〉。辰吉さんの知り合いで、浅草(あさくさ)の芝居小屋の道具係だった男だ。俺も一度だけ会ったことがある。辰吉さんによると、酒癖の悪さから浅草を追い出され、大坂の〈有楽屋〉って芝居小屋に拾われたってことだったんで来てみたが、どうも、ここも長続きしなかったらしいや」

「その道具係に何の用があるのです？」

「詳しいことは追々説明する」

「またそれだ……」

「甚五郎のおっさんがここを追い出されてから、まだそんなに経ってねえ。昼間から呑めそうな店を片っ端からあたるぜ」

三人は手分けして道頓堀の飲み屋を一軒一軒あたった。といっても、文七と庄治は甚五郎の顔を知らない。手当たり次第に呑み屋に入り、〈白髪交じりに赤鼻、左利き〉という手掛かりだけで酔客を見分けていった結果、六軒目の店で、庄治がそれらしい男を見つけた。

知らせを受けた慎三が店に入ると、みすぼらしい身なりの痩せた白髪交じりの男が、出し殻の煮干しを肴に酒を飲んでいた。盃は左手に握られている。

――いやがった……。

慎三はその男の隣に腰掛けた。文七と庄治は食台の前に座る。

「甚五郎さんだね？」

男は面倒くさげに目を上げた。

「誰だい、あんた？」

「江戸で一度会ったことがあるぜ。〈丑三つの辰吉〉の紹介でな」

甚五郎は目を細め、慎三の顔を凝視した。

「ああ……、あのときの髪結いの兄ちゃんか」

「大坂に来て、まだそんなに日も経っていないってのに、もう追い出されちまったのかい？」

甚五郎は、ふんと鼻を鳴らし、吐き捨てるように言った。

「俺の描いた背景画が舞台に合わねえって抜かしやがるからさ」

「それならさっき見てきた。丸めて楽屋の隅に放られていた」

「そうかい……」

「確かに、あの絵じゃだめだな」

甚五郎はきっと慎三を睨んだ。

「なんだと？」

「客は、ど派手な舞台を観に来るんだ。あんたの絵は実物そっくりだが、地味で華がねえ」

「てめえ……」

甚五郎は持っていた盃を食台に叩き付けた。はずみで中の酒が飛び散り、慎三の顔にかかった。だが、慎三は瞬きもせずに甚五郎を見詰めている。

「図星かい？」

甚五郎は、再びふんと鼻を鳴らすと、と訊いた。

「どんな絵が舞台に揚がっていた？」

「極彩色の吉原の遊郭。風にそよぐ見返り柳に桜吹雪ときた。空には得体の知れねえ異国の鳥まで飛んでたぜ」

「は？」甚五郎は目を剥き、「あんな芝居小屋、辞めてよかったぜ」と見栄を切った。

慎三は笑った。

「で、これからどうする気だい？」

甚五郎は自分で酒を注ぎ、ぐっと飲み干した。

「行く当てなんてねえさ」

「そうかい」

慎三は追加の酒を注文すると、ここで初めて文七と庄治を紹介した。

「俺の仲間だ」

「なんだよ、三人で取り囲みやがって。もしかしてお前ら、江戸の借金取りの手先か？」

「逆だ。あんたに儲け話を持ってきたんだ。どうだい、俺たちと一緒に浜野に行かねえか？」

「浜野？　石見の浜野藩のことか？」

慎三は頷き、依頼したい仕事の内容を伝えた。

「なんだって？」

甚五郎は酒で濁った眼を見開いた。

文七と庄治もさすがに驚き、思わず顔を見合わせた。

「どうしてそんなことするんだよ？」

「まあ、いろいろあるんだよ。手当ははずむぜ」

「だけどよ……」甚五郎は面倒くさそうに言った。「なにが悲しくて、浜野みたいな田舎くんだりまで行かなきゃならねえんだよ？」

「さっき、行くあてがないと言っていたよな？」

痛いところを突かれた甚五郎はチッと舌を鳴らした。

「ねえよ……」

「だろう？　だったら一緒に行こうぜ」

追加の酒と肴が来た。

すかさず、庄治が四人の盃に酒を注いだ。

「固めの盃です」

なんだこいつ、とでも言いたげに睨み返す甚五郎の前で、庄治は満面の笑顔で盃を捧げ持っている。

仕方なく、甚五郎も盃を取った。

慎三が「決まりだな」と言った。「これであんたも仲間だ。浜野で暴れようぜ」

「江戸から大坂に流れ、今度は浜野かよ……」

文七が盃を合わせた。

「そこで金を稼いで、また江戸で一花咲かせれば良いではありませんか」

「知ったような口を利くんじゃねえよ」

吐き捨てるように言った甚五郎だったが、これで当面は酒の心配をしなくていいと思ったのか、その表情は緩んでいた。

二 文月十八日 瀬戸内

大坂を出発した浅田屋の長正丸は、七百以上の島が散らばる瀬戸内の美しい海を滑るように走った。鏡のように凪いだ海は外海とは比較にならないほど穏やかだ。

文七は甲板に置いてある木箱に腰掛け、通り過ぎる無数の島々を眺めながら、大坂での打ち合わせの内容を思い出していた。

二日遡った十六日。新之丞、辰吉、お咲、そして加代の四人が岩田屋の船で大坂に到着した。

大坂では、加代が江戸から早飛脚で送った文に驚愕した岩田屋当主の庄右衛門が、〈難波屋〉という宿を手配してくれていた。

富之助の定宿を知っている加代からの知らせで新之丞たちの到着を知った慎三たちは、打ち合わせのために難波屋に向かった。

難波屋に着いた慎三は、部屋に入るなり、大きな溜息をついた。

「やれやれ……」

湯殿で長旅の垢を落としたところで力尽きたのか、新之丞たちは半死半生の状態で畳の上に横たわっていた。お咲一人は凛とした佇まいで正座していたが、さすがに疲労困憊の様子で、顔色も悪かった。

「大丈夫かい、お咲さん」

声をかけた慎三に、お咲は気丈に微笑んだ。

「ご心配には及びません」

「おいおい、いい女だな」

慎三に続いて部屋に入ってきた甚五郎が鼻の下を伸ばしながらお咲を見た。

お咲は眉をひそめ、訊いた。

「どなたです？」

慎三に代わって、転がって天井を見上げたままの辰吉が紹介した。

「〈眩ましの甚五郎〉っていう古い仲間だ。今回の仕事を手伝ってもらう。そうだろう？　慎三さんよ」

慎三は頷いた。

「ああ。品の悪さは見てのとおりだが、腕は一流だ」

「本当ですか？」

「と、思う」

お咲は溜息をつくと、慎三を促した。

「時間がないのでしょう？　打ち合わせを始めて下さい」

「……わかった」

慎三は、横たわったままの新之丞と辰吉を見下ろしながら、各々の今後の役割を伝えた。

慎三、文七、甚五郎の三人は富之助の船で浜野藩に入り、間宮たち一行を迎え撃つ準備をする。新之丞、辰吉、お咲、庄治の四人は大坂で間宮たちの行動を妨害し、できるだけ長く足止めして時間を稼ぐ。その間、加代は父の庄右衛門に協力を仰ぐ。

辰吉がけだるそうに訊いた。

「時間を稼ぐのはいいが、そもそも、間宮たちは大坂に立ち寄るのか？　江戸から直接、浜野に向かうんじゃねえのか？」

「いや、必ず大坂に立ち寄る」

「なぜ、そう断言できる？」

「西国諸藩の監督は大坂城代の役目。間宮は大坂城代配下の大坂町奉行所に立ち寄り、浜野入りの報告をするはずだ」

「なるほど」

「このなかで間宮たちの顔を知っているのは俺と新之丞だけだ。申し訳ないが、新之丞には大坂町奉行所の前で見張って貰うことになる」

　起き上がった新之丞が背伸びをしながら訊いた。

「奉行所は一つなのか？」

「江戸に北と南の奉行所があるように、大坂では東西二つの奉行所があり、一月交代で役目にあたっている。今月は東町奉行所だ」

「心得た」

　慎三は辰吉に視線を戻した。

「辰吉さんにはちょっとした役を演じてもらうよ」

「おいおい、まさか……」

「ああ。そのまさかさ」

　辰吉は顔を顰めた。

「見たこともねえ奴の替え玉役なんざ、自信がねえぞ」

「俺だって、神田でちらりと見ただけの奴の顔を作るのは自信がねえ。記憶を辿ったところで、十数年前の朧げなものだ。だが、やるしかないだろう」

「声は？」

慎三は首を振った。

「聞いたことすらねえ。今回は台詞なしでいこう」

「そんなことができるのか？」

「まあ、なんとかするさ」

——まったく、無茶なことを考えるものだ……。

長正丸の甲板で、文七が二日前の打ち合わせを思い出しながら首を振っていると、船倉から上がってきた甚五郎が隣に座った。

「瀬戸内の景色は素晴らしいな」

「ええ。本当に」

「それに、船ってのは、思ったほど揺れないもんだな」

文七は苦笑した。

「それは、ここが内海だからです。赤間関を抜けて外海に出れば、瀬戸内が湖のように穏やかだったと実感しますよ」

「脅かすなよ」

「本当のことです」

真顔で答えた文七は、しかめっ面になった甚五郎に訊いた。

「ところで、甚五郎さんは、辰吉さんとはどのようなお知り合いなのですか？」

「あまり詳しくは話したくないが、あいつが盗人だった頃の知り合いさ。俺の仕事はもっぱら相手の目眩ましだったがな」

「目眩まし？」

「あるものをないように、ないものをあるように見せかけるのさ」

「なるほど。それで、その二つ名なのですか……」

確かに、慎三が描いている策略に〈眩まし〉は不可欠だ。

「だがよ、慎三って奴は、考えることが大胆不敵というか、無茶苦茶だよな。たしか、あいつの裏稼業は他人そっくりの替え玉を作る〈替え玉屋〉のはずだが、今回の策はそれを跳び越しちまっているぜ」

「慎三さんが作るのは人の替え玉だけではありません。私自身、驚くことだらけです」

「なるほどね……」

気のない相槌を打った甚五郎は、脇に置いてあった徳利を持ち上げて栓を開け、中の酒をぐびぐびと呑んだ。

「そんなに呑むと、船に酔う前に酒に酔ってしまいますよ」

「だからこそさ」と、甚五郎は豪快に笑った。「酔いつぶれて寝ちまえば、いくら船が揺れても平気だろう？」

その言葉どおり、甚五郎は、長正丸が赤間関を抜けて北海（日本海）に入る頃には完全に酔いつぶれ、高いびきを掻いていた。

同日。

大坂城京橋門外にある大坂東町奉行所の奥の間で二人の男が対峙していた。

一人は間宮林蔵。もう一人は色白のぬっぺりとした顔の武士で、名は矢沢貞光。大坂東町奉行だ。

林蔵の話を聞き終えた矢沢は鷹揚に頷いた。

「なるほど。では、浜野藩の不穏な動きを探るための内偵を行うということですな？」

「左様にございます」

大坂では大坂城京橋門外と本町橋東詰に東西二つの奉行所が置かれ、一月交代で執務にあたっている。大坂町奉行は江戸幕府が大坂に設置した遠国奉行で、千石以上の旗本から選任され、その下には家老・用人・取次、さらに町与力三十騎と町同心五十人がいる。

わずか五十俵三人扶持の間宮が目通りできるのは、幕府普請役の肩書もあるが、なにより蝦夷地探検の名声によるものが大きかった。そのため、今回の面会でも時間の大半が蝦夷地の話題に費やされ、林蔵が浜野藩の件を持ち出せたのは、かなり時が経ってからのことだった。

林蔵は続けた。

「このところ、江戸や大坂でかなりの量の高級木材が出回っています。なかには我が国では手に入らないような珍しいものもあり、その出所を探ったところ、浜野藩に辿り着きました」

「浜野藩が抜け荷を行っていると……？」

「そう睨んでおります」

矢沢は苦い顔をした。

「ご承知のとおり、浜野藩主の松野康時様は、水谷忠成様と老中首座を争うほどの権力者。そのお国元となると、よほどの確証がない限り、手は出せませんぞ」

「おっしゃるとおり。それ故、我々が浜野藩に潜入し、十分な証拠を挙げる所存です」

「そうですか……」

矢沢はつるりとした顎を撫でながら、しばし思案した。西国諸藩の監視は大坂城代の配下にある大坂町奉行所の役回りだ。普請役に先回りされたとあっては面目が立たない。しかし、もしも浜野藩が白だった場合は大坂城代の顔に泥を塗るばかりでなく、老中でもある浜野藩主、松野康時からどのような叱責を受けるかわからない。

矢沢は頭を捻った。

――ここは思案のしどころだな……。

確かに間宮は蝦夷地の探検と測量で名を上げた。だが、所詮は百姓の出。武士とはいえ、吹けば飛ぶような木っ端役人だ。であれば、この男を矢面に立たせるという手もある。すなわち、内偵は間宮に行わせ、抜け荷の確証が得られたら大坂町奉行所が乗り込む。もしも間宮が内偵に失敗して捕らえられた場合はしらを切る。密偵など、所詮は使い捨てだ。煮ようが焼こうが浜野藩の好きにすれば良い。

――所詮は小役人の首一つ。何を迷うことがあろう。

考えをまとめた矢沢は、それを悟られぬよう、大袈裟な笑顔を浮かべた。

「わざわざ筋を通しに奉行所までお越しいただき、かたじけない。しかし、西国諸藩の監視は大坂城代配下の大坂町奉行所の役目。まずはこちらで探索方を放ち、様子を見てみましょう。間宮殿が自ら乗り込むのはそれからでも遅くはないでしょう」

林蔵は首を振った。

「恐れながら、浜野藩は腕の立つ者たちを集めています。現に、江戸では配下の者が探索の邪魔をされています。内偵には相当の手練れが必要かと」

間宮が断るのは想定どおりだが、その理由が癇に障る。

「なんと。大坂町奉行所の探索方では頼りにならぬと申されるか？」

「そうは申しておりませぬ。しかし、果たして成果が期待できるかどうか……」

「なんと無礼な……」

顔を赤くした矢沢が身を乗り出した時、ぷっと言う音が耳を過ぎったかと思うと、目の前を何かが横切った。

「なんじゃ！」

壁に視線を転じると、脇に立てかけてあった屏風の虎の目に針のようなものが刺さっていた。

――吹き矢……？

振り向くと、障子には小さな穴が開いていた。

――障子越しに虎の目を射抜いたのか？　だが、どうやって？　障子を開けたのは林蔵を招き入れたほんの一瞬だけだ。その後は閉めたままのはず。

――まさか、あの一瞬の隙に虎の目の位置を頭に焼き付けたというのか？

一気に血の気の引いた矢沢に向かい、林蔵は慇懃に頭を下げた。

「失礼の段、お許し下さい」

「そこもとの配下の者の仕業か？」

「はい。風坊と申しまして、十間先の針の穴も射貫く腕前を持っております」

「どうやって奉行所の中に入った？」

「蛇の道は蛇……でございます」

「なんと……」

「浜野藩には、この風坊をもってしても仕留められなかった剣の遣い手がおります。並の探索方では歯が立ちますまい」

ここに至って、矢沢は、林蔵が奉行所に立ち寄った真意を理解した。

――大坂町奉行所は一切手出し無用ということか……。

下手に奉行所から密偵を送ろうものなら、浜野藩ではなく、間宮たちに消されかねない。

矢沢は必死で平静を装いながら、頷いた。

「あいわかった。ここはひとつ、公儀普請役のお手並を拝見させていただこう」

林蔵は頰を緩めると、頭を下げた。

「お任せ下さい。決してご迷惑はおかけしません」

林蔵と風坊は大坂東町奉行所を出た。

門の前では、お凜と佐之助が手持ち無沙汰げに待っていた。

今日の大坂はうだるように暑い。お凜はしきりに扇子を動かしているが、それでも、うなじにはうっすらと汗が滲んでいる。それがなんとも艶めかしい。

「まったく、こんな所に立ち寄る必要なんてあったんですか」

お凜は門から出てきた林蔵に向けて口を尖らせた。

「一応、牽制にはなっただろう」

「へえ。そんなもんですか？」

佐之助が訊いた。

「では、今から浜野藩へ向かいますか？」

「ああ。宿で荷物を受け取ったら、その足で大坂を発つ」

「え？　まだ、ろくな見物もしていないのにかい？」と、お凜が頰を膨らませた。

「何を言う。遊びではないぞ」

風坊の叱責に、お凜は「ふん」とそっぽを向いたまま歩き出した。

四人が宿にしている天満屋に着くと、奥から出て来た亭主がえっという顔をした。

「どうした？」

と林蔵。

「いえ、えらく早いお帰りなので、驚きました」

「なんだと？」

「先程出発されたばかりではございませんか」

風坊は眉をひそめた。

「おぬし、何を言っているのだ？」

その時、一足先に二階の部屋に行ったお凜が、階段の上から蒼い顔を覗かせた。

「大変だよ。荷物がないよ」

林蔵は亭主を睨んだ。

「どういうことだ？」

亭主は不思議そうに林蔵を見返した。

「お荷物は先程お渡ししましたが……」

「なんだと？」

「からかわないでくださいませ。大坂東町奉行所の荷物持ちの方とお越しになり、お預かりしていた路銀と皆様の荷物をお受け取りになったではございませんか」

風坊が巨体を乗り出し、亭主の襟元を掴んだ。

「おぬし、我々の金を他の者に渡したというのか？」

「いえ、確かに真野様でございました」

真野とは、林蔵が探索時に使っている偽名だ。

風坊は摑んだ襟ごと、激しく亭主を揺さぶった。

「いいかげんなことを申すな。今すぐ金を返せ！」

「そんなご無体な」

林蔵が風坊の手を摑んだ。

「やめろ。この天満屋は大坂での長年の定宿。その亭主が滅多なことをするはずはない」

「そのとおりでございます」

と、亭主は必死で抗弁した。

林蔵は、頬の傷も生々しい凄みのある顔で亭主を睨んだ。

「もう一回訊く。確かに儂だったのだな？」

「もちろんです。そうでなければ、お預かりした金子をお渡しするはずがございません」

――なるほど、な……。

林蔵は臍を噛んだ。

――江戸で邪魔をした奴らの仕業か……。

その推測は当たっていた。林蔵たちの宿を探り当てた辰吉は、慎三によって林蔵そっくりに化粧され、その不在中に天満屋を訪れ、荷物と路銀を持ち去っていたのだ。

すなわち、十六日の難波屋での打ち合わせで慎三が辰吉に言った〈ちょっとした役〉とは、林蔵の替え玉だった。

しかし、その化粧は順調にはいかなかった。なにしろ、慎三が神田で林蔵を見たのはほんの一瞬だ。そして、なにより苦労したのは凍傷の痕だった。嫌でも目に付くものだからこそ、本物そっくりに作らないと、ばれてしまう。その細工に合う材料探しも大変だ。

何度も失敗した後、慎三が最後に行きついた材料は、なんと羊羹ときな粉だった。それを混ぜて練り、化粧した頬に盛り上げるようにして塗ると、思わず目をそむけたくなる凍傷の痕ができあがった。

鏡を見た辰吉は、そのあまりの生々しさに、思わず顔を顰めた。

「自分の顔ながら気味が悪いぜ……」

次の問題は声だった。慎三は林蔵の声を聞いたことがない。神田で見かけた時も、林蔵は一言も発せずに姿を消した。

仕方なく、慎三は、大坂町奉行所の荷物持ちの役で庄治を同行させ、台詞の大部分を担当させることにした。辰吉は最後に「そういうことだ」と頷くだけにする。

その企みは成功し、天満屋の亭主はまんまと辰吉たちに騙され、荷物と路銀を渡してしまったのだ。

「どうします？」

途方に暮れた顔で訊く風坊に、林蔵は苦笑いを返した。

「江戸から飛脚便で路銀を送らせるしかあるまい」

「ですが、そのような金があるのですか？」

「我ら普請役の本来の仕事は普請作業。それにすり寄ってくる業者は多い」

「は？」

意味の解せない風坊は眉をひそめた。

「普請役の同僚のなかには、懐が相当潤っている輩も多い。儂はそれを見て見ぬふりをしており、連中もそれを知っている。それ故、儂からの依頼を断るわけにはいかない」

「なるほど……」ようやく飲み込めた風坊は大きく頷いた。「では、金の心配はないということですね？」

林蔵は頷いた。

「大坂で無為に時間を過ごすのは悔しいが、ひとつ、ここは体を休めることにしよう」

結局、林蔵たち一行は、江戸から飛脚便で金子が届くまでの間、大坂での足止めを余儀なくされた。しかし、五日後に早飛脚で江戸からの金が届くと同時に、なぜか荷物と路銀はそっくりそのまま戻ってきた。

林蔵に変装して天満屋から荷物と路銀を預かった辰吉は、それを新之丞と庄治に託し、お咲と加代を伴って大坂を発ったが、その時、庄治にこう言い残した。

「路銀と荷物を預かったのは、盗むためではなく、時間を稼ぐためだ。目的を果たしたらきっちり返すんだぜ」

それを忠実に守った庄治は、林蔵の行動を見張り、江戸からの飛脚便が届いたのを確認したうえで、天満屋に戻したのだ。

その後、新之丞と庄治は、浜野へ向かう林蔵たちを道中で妨害すべく、一足先に大坂を発って山陽道を西へと急いだ。

三 文月二十三日 浜野

大坂を出て七日目。長正丸は無事に浜野の港に着いた。

足取りも軽やかに船から下りてきたのは船長の富之助と水夫たちだけで、慎三、文七、甚五郎の三人は、まるで老人のようによろよろ歩きながら陸に上がると、そのまま地べたに座り込んだ。

慎三は真っ蒼な空を見上げながら呟いた。

「死ぬかと思ったぜ……」

長州藩の萩沖で時化に遭い、船倉の部屋の柱にしがみついた三人は、まるで子供のように大声で喚きながら念仏を唱え、富之助や水夫たちの失笑を買った。なりふり構っている余裕などなかった。

しばらくして、ようやく立ち上がった三人は、這々の体で富之助の家に辿り着いた。そして、そのまま座敷に寝転がり、ぴくりとも動かなくなった。

三人が目覚めた時には、すでに日が傾いていた。

船酔いが醒めると、今度は猛烈な空腹に襲われた。

様子を見に来た富之助が声をかけた。

「風呂が沸いています。まず、汗を流して下さい。それから夕餉にしましょう」

熱い風呂でさっぱりした三人が通された広間には、海の幸で溢れんばかりの膳が用意されていた。

「こいつはすげえや……」

飢えた三人は、膳の前に腰を下ろすや、身を乗り出すようにして料理をむさぼった。

「大坂で仕入れた酒もあります。たんとお飲み下さい」

「ありがてえ！」

甚五郎は溢れそうになる涎を手で拭いた。

文七が焼き魚を指して訊いた。

「これは江戸では見ない魚ですが、何という名前ですか？」

体は赤いのだが、口の中が真っ黒だ。

「ああ。それは浜野の名物で、〈のどぐろ〉という魚です。アカムツとも呼ばれるようですが、江戸あたりでは獲れない魚です」

早速身をほぐして口に運んだ慎三が「うめえ!」と感嘆の声を上げた。「なんて脂の乗りだ」

その時、使用人の一人が部屋に入ってくると、富之助の耳元でそっと囁いた。

富之助の顔色がすっと変わる。

「どうした?」

と慎三が訊いた。

「国家老の岡本治長様がお忍びでお見えになりました」

「あんたの幼なじみかい?」

「ええ。皆さんをご紹介しますが、くれぐれも粗相なきようにお願いします」

なかなか酒を離さない甚五郎を引っ張るようにして別室に足を踏み入れた慎三と文七は、色白の端整な顔で佇んでいる治長に向かって平伏した。

富之助が三人を治長に紹介した。

「面を上げよ」

透き通った声に、慎三は上目遣いで治長を凝視した。

——若いな……。

はっきり言って、この若さで海千山千(うみせんやません)の重役たちを束ね、国元を治めるのは並(なみ)大抵(たいてい)の苦労ではないだろう。だが、治長の凛(りん)とした佇まいからは、そのような辛苦(しんく)は微塵(みじん)も感じられない。かなりの胆力(たんりょく)を備えているか、あるいは……。

——すでにその境地を超えていなさるのか。

とうに死を覚悟し、この世における自らの責務を淡々(たんたん)と果たそうとしているのかもしれない。

治長は慎三たちを見据えるだけで、何の言葉も発しない。

慎三は隣に座っている富之助に囁(ささや)いた。

「どうやら、御家老様は俺たちのことが気にいらねえみたいだな」

富之助は首を振った。

「そうではありません。御家老様は、藩の大事を軽々しく桔梗屋さんに明かしてしまった私の軽率(けいそつ)さにご立腹なのです」

それを聞いた治長が「そのとおりだ」と言った。「いくら桔梗屋の惣兵衛殿が信用をおいている者たちとはいえ、このような重大事を明かすとは言語道断(ごんごどうだん)。これが富之助でなかったら即座に斬り捨てているところだ」

富之助は額(ひたい)を畳に擦(こす)りつけた。

「まことに申し訳ございません」

治長は視線を慎三に転ずると、惣兵衛からの書状を懐から出し、畳の上に置いた。

「書状は読んだ。借財の返済の原資が確認できるまで、そのほうらをここに留め置くと書かれてあった」

慎三は頷いた。

「恐れ入ります。ですが、それは表向きの口実でございます」

「表向き？」

「船中、富之助さんから貴藩の懐事情について詳しくお聞きしましたが、越前屋、紀州屋、丹後屋への借財の返済期限が二月先に迫っているのこと」

「そこまで明かしたのか……？」

治長は鷹(たか)のような目つきで富之助を睨んだ。

富之助は再び頭を畳に擦り付けた。

「申し訳ございません」

治長は深い溜息をつくと、「まあ、よい」と答えた。「書状によると、この者たちの行動については惣兵衛殿が一切の責任を持つとのこと。信用するしかあるまい」

慎三はすっと背筋を伸ばした。

「恐れながら、越前屋らへの借財の残高はざっと二万両。しかし、貴藩にはその原資がない」

治長は苦り切った顔で頷いた。

「そのとおりだ」

「原資を作るには領民から徴税する必要があります。しかし、そのようなことをすれば領民は飢える」

再び頷く治長。

富之助が身を乗り出した。

「あと二回の航海をお許しください。持ち帰った品を売り捌き、きっと返済資金を作ってご覧に入れます」

だが、治長はそれを許そうとはしなかった。

「惣兵衛殿の書状によると、おまえはご公儀に目を付けられているそうではないか。これ以上商売を続けるのは危険だ」

「ですが、それでは返済資金が作れません」

「そうだ。それ故、儂は江戸に行く」

治長の思いがけない言葉に、富之助は目を瞠った。

「まさか、殿に直訴されるおつもりですか？」

「ああ。松野家に代々伝わる家宝を売り払って借財を返済し、浪費を控えるようお願いしたうえで、腹を切る」

――なるほど……。

慎三は合点した。治長を包む澄み切った空気は、その覚悟あってのものだったのだ。

だが、慎三は敢えて首を振った。

「甘うございますな……」

「なに？」治長はゆっくりと慎三を見返した。「今、何と申した？」

「甘いと申し上げたのです。岡本様がお腹を召されても、何も変わりませぬ」

富之助が慌てて声を上げた。

「慎三さん、言葉を慎んで下さい」

「よい」治長は富之助を制し、慎三を促した。「続けよ」

慎三は一呼吸置き、言葉を継いだ。

「岡本様がお腹を召されれば、お殿様は、一時は思い直されるかもしれません。しかし、一度手に入れた権力を手放したくないのは人の常。阿片を手放せない中毒患者と同じく、今度は権力を維持するための金が欲しくなるでしょう。また、そもそも、そのようなお方が、先祖代々の家宝を売り捌くような世間体の悪いことをされるでしょうか？」

図星を突かれた治長は、苦虫を嚙み潰したような顔で慎三を睨んだ。

慎三は平然と話を続けた。

「それに、ご公儀の普請役は既に浜野藩の木材の取引に疑いの目を向けています。富之助さんが江戸で拉致されそうになったのがなによりの証拠。たとえ富之助さんが商売から手を引き、岡本様がお腹を召されても、事態は何も変わりません。最悪の場合、浜野藩は取り潰されるでしょう」

慎三の歯に衣着せぬ物言いに、隣に座る文七は蒼くなった。町人にここまで言われて逆上しない武士はいない。この場で斬り捨てられても文句は言えない。

さすがの治長もこめかみを震わせている。

――まずい……。

だが、若くして国元を治めている治長の器量は並のものではなかった。

深く息を吐き、気を静めると、治長は訊いた。

「では、どうしろというのじゃ？」

「真正面から立ち向かうしかありませんな。間宮林蔵に」

「間宮……？」

「富之助さんを襲った公儀隠密の名前です。聞くところによると、その追及は執拗(しつよう)で、蝮(まむし)のように獲物を離さないことから、〈蝮の間宮〉と呼ばれているとのこと」

「なるほど……。確かに手強(てごわ)そうな男だ。だが、一介の髪結い、いや、〈替え玉屋〉であるそのほうが、なぜそこまで知っている？」

「多少の因縁(いんねん)がございまして……」

と、慎三は言葉を濁した。

「ほう……」と声を漏らした治長だったが、その点については深く突っ込むことなく、本題に移った。「しかし、そのような敵を相手に……」

「一体どのようにして戦うつもりなのか……。そうおっしゃりたいのですね？」

治長は頷いた。

「では逆にお訊きしますが、岡本様ならどうなさいます？」

「知れたこと。国境(くにざかい)を固め、間宮とその一味を引っ捕らえてくれる」

慎三は首を振った。

「恐れながら、それは無理です」

「なんだと？」

「いつまで国境を固めておくおつもりですか？」

「それは……、できるだけ長くじゃ」

「相手はその道の手練れ。一度や二度失敗しても、また何度でもやって来ます。そして国境の囲みもいつかは緩む。彼らはその隙を突き、水が染み透るように潜入してくるでしょう」

「ではどうするというのだ？」

「国境は通過させます」

「藩内で取り押さえるということか？」

「いえ、再び藩から出し、江戸に帰します」

「なに？」治長は合点が行かぬといった顔をした。「そのほう、何を考えておる？」

「間宮たちは、証拠を摑むまでは何度でもやってくるでしょう。ですから、わざと証拠を摑ませ、藩から持ち出させるのです」

「言っていることの意味がわからぬ……」

富之助が口を挟んだ。

「御家老様。恐れながら、その策については、大坂から浜野への船中で慎三殿から説明を受けましてございます」

「ほう。どのような策じゃ？」

「正直、途方も無いものです」

そう前置きしながら、富之助は策のあらましを説明した。

「なんと……」

話を聞き終えた治長は目を見開いたまま、しばらくの間、瞬きもしなかった。

「まことに、そのようなことができるのか？」

慎三は頷いた。

「二月後に迫った借財返済の資金を作りつつ、同時に間宮たちの追及をかわすには、この策しかございません」

治長はうーんと唸った。確かに、この策であれば一挙両得だ。だが、果たして実現できるのか？

戸惑う治長に、富之助が言った。

「すべては御家老様の与(あずか)り知らぬこと。わざわざお忍びで参られたのでお耳に入れましたが、今すぐお忘れいただきます」

「何を言う。藩の政(まつりごと)の尻拭(しりぬぐ)いを押し付けているのは儂だ。それに、浅田屋は我が藩の御用商人。おまえの扱う品に浜野藩御用の会符(かいふ)が付いている以上、言い逃(のが)れはできぬ。万が一にも事が露見した場合、儂もおまえと同罪じゃ」

「聞き分けのないことをおっしゃいますな。会符は偽造したことにいたします。御用商人の一人や二人、切り捨てるお覚悟なくして、どうして浜野藩を守れましょうや」

藩を救うという約束を忠実に果たそうとしている富之助に返す言葉を失った治長は、しばしの黙考の後、やむなく頷いた。

「わかった。では、儂は領民を守るための策を全力で検討する。おまえたちは思うがままにやるが良い。すべて黙認する」

富之助は頭を下げた。

「ありがとうございます。御家老様の双肩(そうけん)には浜野藩の行く末がかかっております。どうか私どものことは一切お気になさらず、職務を全(まっと)うなさいませ」

慎三、文七、甚五郎が揃(そろ)って頭を下げるなか、治長は立ち上がり、浅田屋を辞した。

第三章　慎三、南へ

一．文月二十七日　壱岐沖

富之助と慎三、文七、甚五郎を乗せた三隻の弁才船は浜野港を出港し、陸地伝いに南西を目指していた。三隻のうちの二隻は浅田屋の長正丸と弥勒丸だったが、残りの一隻は藩内の別の廻船問屋から水夫ごと借り受けたものだった。

もう船には絶対に乗りたくないと言って渋った文七も、ようやく船酔いに慣れ、多少の揺れなら耐えられるようになってきた。甚五郎は、船酔いなのか酒酔いなのかはわからないが、とにかく日がな一日甲板でふらふらしている。哀れなのは慎三で、波が荒くなってくる度に船倉の小部屋に逃げ込み、床に臥せった。

三隻の弁才船は、壱岐の南を過ぎ、更に平戸沖を通過すると、一旦、五島列島の福江島に寄港した。

五島列島は長崎の西、二十五里の海上に浮かぶ島々で、遣唐使船が中国大陸へ渡る際に風待ちをし、水や食料を積み込んだ寄泊地だ。かの有名な空海が唐へ渡った際もここで風待ちをし、命がけの航海に乗り出した。

島には多くの椿が自生しており、椿油が特産品となっている。富之助はそこで大量の椿油を仕入れた。他にも、海鼠や海老、昆布といった良質な海産物の乾物を仕入れ、船に積み込んだ。

翌日、福江島を出港した三隻はそのまま南下を続けた。

徐々に気温が上がり、暑くなっていく。

傭船の水夫たちは、いつまでたっても目的地に辿り着かないことに不安を覚え、もしかすると行き先は異国なのではないかと怯え始めた。富之助は傭船に長正丸を近づけては、もうすぐ着くと宥め、時には威嚇しながら航海を続けた。

福江の港を出て二日目。三隻はようやく目指す島に近づいた。

暗い船倉から甲板に這い出した慎三は、燦々と降り注ぐ南国の太陽に驚きの声を上げ、思わず掌で目を覆った。続いて甲板に出てきた文七と甚五郎も同様だった。

富之助は笑いながら海の彼方を指した。

「蘭島です」

やっと目が慣れてきた慎三は、富之助の指す方向を見た。真っ蒼な海に緑の島が浮かんでいる。中心部がこんもりと盛り上がっており、おそらく、そこが木々の生い茂る山なのだろう。

慎三は鬚でざらついた顎をなでながら唸った。

「嘘かと思っていたが、本当にあったんだな……」

富之助は船を沖合に泊めると、小舟を下ろした。

「蘭島には深い港がないので、浜までは小舟で行きます」

島に近づくにつれ、海の色は蒼から薄緑色に変わってきた、水は透き通り、底が見える。このように美しい海は見たことがない。

慎三たちは一様に小舟から首を出し、「ほーっ」と感嘆の息をついた。

小舟が浜に着くと、富之助の顔馴染みの島民たちが出迎えてくれた。

皆、袖の太い変わった形の着物を着ている。

村長らしき老人が富之助に近寄り、手を差し出した。富之助はその手を握り、頭を下げた。

傭船の水夫たちも恐る恐る浜に上がってきた。

富之助は彼らに説明した。

「ここは琉球の近くの日本の島ですが、訛(なま)りが強く、言葉はよく通じません。そのため、会話は筆談にしてください」

水夫の一人が笑った。

「読み書きのできない俺たちに、そんなことできねえよ」

他の水夫たちも一斉(いっせい)に笑った。

そこは島民も心得ていて、水夫たちに水や食べ物を与えると、手振り身振りでゆっくり休むよう伝えた。島の民の温かいもてなしに、ここが異国だと騒ぎ立てる水夫はいなかった。

その夜は、サトウキビや雑穀(ざっこく)から作ったという強い酒での宴会になり、浜の焚火(たきび)の周りで車座になった水夫たちは、新鮮な海の幸(さち)を肴(さかな)に大いに盛り上がった。

焚火から少し離れて座った富之助と慎三、文七の三人は、いつのまにか水夫や島民たちと仲良くなった甚五郎が大きな徳利を片手に踊っている姿を見て笑った。

「まったく、あのおっさん、酒さえあればどこでもご機嫌(きげん)だな」

文七が盃を傾けながら富之助に言った。

「ここは異国じゃないというあなたの言葉が本当に思えてきました」

「そうですとも。ここは日の本です」と、富之助は真顔で返した。

文七は頷いた。

「そう思っていないと気が気じゃありませんよ。異国に来たとなると、慎三さんも私も国禁を破ったことになりますからね」

「その時は漂流したってことにするさ」と慎三は呑気そうな顔で言った。

文七は呆れたように首を振った。

「冗談はやめてください」

二人の会話を聞きながら、富之助は遠くを見るような目で言った。

「この先には呂宋やジャガタラという異国の島があり、南蛮との交易で賑わっていると聞きます。叶うことであれば、わたしもそこへ行き、思う存分商いをしてみたい……」

慎三は富之助の肩を叩いた。

「まあ、そう焦りなさんな。時代には流れってものがある。ご公儀も、いつまでも諸藩を抑え続けるわけにはいかないさ」

「わかったよ……」

　慎三はしぶしぶ口を閉じた。

　富之助は二人を見て笑った。

「まあ、今夜は難しい話はやめて呑(の)みましょう。明日から忙しくなります」

　翌日、富之助は慎三、文七、甚五郎を連れて山に入った。

――これは……。

　慎三たちは樹木の多さに目を瞠(みは)った。

　小高い山のふもとには森林が広がっており、南国特有の珍しい木々に交じって、確かに杉、欅(けやき)、檜(ひのき)、桐(きり)といった高級木材の原木が生えている。細く高く育つ杉や檜は台風に弱く、琉球などではあまり育たないと聞くが、ここでは小高い山に風を遮(さえぎ)られ、デイゴやヒカンザクラといった南国の木に守られる形で群生している。

　森に入った富之助は、早速、高く売れそうな木に墨で印をつけていった。どれも太くてまっすぐの良質な木だ。

慎三は島民から借りた斧の背で木を叩いてみた。コンという小気味良い音が返ってくる。

「中もよく詰まっている。こりゃあ高く売れそうだ」

村に帰ると、富之助は紙と筆を出し、村長相手に値段の交渉を始めた。

最初はなかなか首を縦に振らなかった村長だったが、富之助が五島の福江島から持ってきた椿油や乾物を見せると態度が変わり、富之助の提示した金額にそれらの品を加えることで合意した。

「商談は成立したのかい？」

慎三が訊くと、富之助は笑みを浮かべた。

「この島には清国からも商人がやってきますが、日本の椿油や乾物は彼らに高く売れますからね。村長も喜んで取引に応じてくれました」

今回、富之助が蘭島で仕入れたのは、杉、欅、檜、桐、そして白檀（びゃくだん）で、本数にして五十本を超えた。

伐採（ばっさい）した木は、枝付きのまま何本かに切り分け、幹の部分は同じ木のものであることがわかるように印を付け、村の小船も総動員して沖の弁才船に運んだ。

伐採から積み込みまでは丸二日かかった。

作業が終わると、三隻の弁才船は島を離れ、五島列島の福江島へ向かって帆を上げた。だが、不思議なことに、その船に慎三、文七、甚五郎の姿はなかった。三隻が福江の港に着き、材木を下ろし終わった頃、どこからともなく、別の弁才船が港に入ってきた。三隻いる。

それを見た富之助の頬が緩んだ。

「加代さん、やってくれたか……」

この三隻の弁才船は、富之助の許嫁の加代が、父である岩田屋の当主、庄右衛門に頼み込んで融通してもらったものだった。

加代は、富之助が新しい商売のために福江藩の材木問屋から木材を仕入れる予定で、そのためには三隻の弁才船が追加で必要だと庄右衛門に説明した。庄右衛門は二の足を踏んだが、加代は、この商売がうまくいけば嫁ぎ先である浅田屋が繁盛するのだと言い、願いを聞いてくれなければ家を出ると言い張った。子供のころから、加代は言い出したら一歩も引かない。その必死の懇願に負け、庄右衛門は不承不承ながらも船を出したのだ。

富之助たちが福江の港に下ろした木材は、文七の作った偽の会符とともに岩田屋の船に積み込まれた。

　富之助は、水先案内人として岩田屋の船に乗り込む番頭の久蔵に声をかけた。

「この商いには浜野藩の命運がかかっている。頼んだぞ」

　久蔵は力強く頷いた。

「お任せください。先に行ってお待ちしています」

「わかった。すぐに後を追う」

　借財の返済期限が迫るなか、何度も蘭島への航海を繰り返す余裕がないと踏んだ富之助は、航海は一度きりとし、そのかわり運ぶ木材の量を可能な限り増やすことにした。だが、それには船が足りない。そこで、加代を通じて岩田屋の船を融通してもらったのだ。

　だが、さすがに岩田屋の船を蘭島まで行かせるわけにはいかない。そこで、岩田屋の船には五島列島の福江島まで来てもらい、浅田屋の船が蘭島から運んだ木材を積んでもらうことにしたのだ。その後、富之助は空船で蘭島に引き返し、残りの木材を運ぶという方法を採った。これで、二度の航海で運ぶ木材の量を一度に運べる。

　岩田屋の船が福江の港を出るのを見届けた富之助は、すぐに蘭島に向かって出港した。

富之助が福江島に行っている間、甚五郎は伐採した梢（こずえ）の部分に細工を施していた。葉に薬のようなものをかけ、濃い緑色の液体を塗っていく。それを全ての木の梢に施すのだ。その作業には膨大（ぼうだい）な手間がかかり、慎三や文七、そして島民の助けを借りても丸二日を費（つい）やした。

作業が終わった梢の部分は、福江島から戻ってきた富之助の船に運び込まれたが、船倉には収まらないので、甲板を取り外し、剝（む）き出しのまま積むことになった。弁才船は甲板が取り外せるので、このような場合は使い勝手が良い。反面、甲板から上に積み上がった荷物の分だけ船の重心が高くなってしまうし、海が荒れた時は船倉に波飛沫（なみしぶき）が流れ込むため、転覆（てんぷく）の危険がある。だが、今はそんなことに構っている余裕はない。この木を一日も早く持って帰らなければならないのだ。

富之助と慎三が次々と積み込まれる木材を見ていると、手を真緑に染めた甚五郎と文七がやってきた。

「ひでえな、この薬は。いくら洗っても落ちやしねえ」

ぶつぶつ文句を言う甚五郎に、文七は掌を布で拭きながら笑い返した。

「大坂から苦労して運んできた薬です。すぐに色が落ちるようだと困りますよ」

富之助は思い出したように文七に声をかけた。

「お礼を言うのを忘れていましたが、文七さんの偽造の腕はさすがです。福江の港で岩田屋の船に載せた木材の会符はどこから見ても本物でした。あそこまで忠実に再現するとは、驚きです」

慎三は「そうだろう?」と相槌を打った。「なんせ、この男は、盗まれたうえに火事で焼けちまった専売許可札を蘇らせたんだからな。この〈筆屋の文七〉にかかったら、作れない偽物はねえよ」

富之助は感嘆の面持ちで三人を見た。

「最初にこの策を明かされたときは、正直、夢のような話だと思いました。しかし、目の前で繰り広げられている光景を見ると、なんだか本当に実現するのではないかと思えてきました」

慎三は笑った。

「だが、勝負はこれからだぜ。御家老様にああは言ったものの、実際、すべてが上手く運ぶ保証はどこにもない」

文七は頷いた。

「当日の天候にも左右されますしね」

「ああ。本当の仕事はこれからさ」

木材を船に載せ終わった水夫たちは、次に、富之助が買い求めた壺や仏像とともに、木の切り株を積み込み始めた。

切り株が欲しいと富之助が申し入れたとき、村長はそのようなものを何に使うのかと不思議がったが、薪にするしか使途がないこともあり、安く譲ってくれた。

そして、荷を積み終えた三隻の船は、いよいよ蘭島を出発することになった。

言葉こそ通じないが気のいい島民たちと仲良くなった甚五郎は名残惜しそうに島を見た。

「どうせ帰ってもろくなことはねえし、ここに残りたいぜ……」

慎三は首を振った。

「だめだめ。あんたにゃ、まだ大仕事が残っているんだ。さっさと船に乗りな」

「まったく、ひどい奴だな」

「船を出しますよ！」

富之助の声が響き、長正丸に巨大な二十四反帆が張られた。

紺碧の空に映える真っ白な帆を見上げながら、慎三は呟いた。

「さて、これから俺たちと間宮の化かし合いだ。決して負けるわけにはいかねえ」

二　文月二十九日　山陽道

ようやく大坂を出立した林蔵の一行は、大坂から山陽道を旅していた。

林蔵は商人姿、風坊は虚無僧、佐之助とお凜は仕官先を求めて旅する浪人夫婦の姿だ。

広島から石見街道に入った山道で、その男は現れた。

これまで何度も姿を見せ、林蔵たちの行く手を邪魔してきた頭巾姿の浪人だ。

「またかい……」

うんざりしたように眉をひそめるお凜の後ろから佐之助が進み出た。

「それがしが相手をいたす。先を急がれよ」

林蔵は「頼んだぞ」と言い残すと、風坊とお凜を促し、歩く速度を速めた。

三人の行く手を遮ろうとした頭巾姿の浪人の前に佐之助が立ち塞がった。

「おぬしの相手はそれがしじゃ」

頭巾姿の浪人の正体は新之丞だった。

無言で剣を抜き、正眼に構える。

「言葉は発しなくとも、おぬしが江戸で我々を襲った浪人者ということはわかっている。その後もしばしば我らの行く手を遮りおって……」

佐之助の言葉どおり、慎三の指示を受けた新之丞は、大坂からここまでの道中でもしばしば林蔵たち一行を襲い、その浜野入りを遅滞させてきた。

黙して語らぬ新之丞に業を煮やした佐之助は、どんと前に踏み出し、稲妻のごとき居合を放った。すんでのところで躱した新之丞の袖の切れ端が風に舞った。

「まったく、良く飽きずに戦うよ」

足を止めたお凜が呆れたように言った瞬間、その体のすぐ脇をひゅんという風切り音が過ぎり、後ろの木の枝がポキリと折れた。

お凜は思わずその場にしゃがみ込み、頭を抱えた。

「今度はあいつかい！」

あいつとは、茂みの中から正確な礫を投げてくる男のことだ。

「木の陰に隠れろ！」

お凛の身体を押した風坊は吹き筒に矢を詰め、礫の跳んできた方向にふっと吹いた。

空を切った矢は男がいた場所の杉の木に刺さったが、そこに男の姿はなかった。

――逃げ足の速い奴。

次の矢を詰める間もなく礫が飛んでくる。

身を躱した風坊は、身体を回転させながら吹き筒に矢を二つ詰め、振り返りざま吹いた。微妙に違う方向に飛んだ二つの矢のうち、一本は木の枝に当たって落ちたが、もう一本は手応えがあった。がさがさという音とともに、男は森の奥に逃げていった。

その間も新之丞と佐之助の戦いは続いていた。距離を取って構えた二人のうち、新之丞は正眼、佐之助は八双。

これまで何度も対戦し、佐之助の剣の癖は理解しているが、最も厄介なのは、この八双から撃ち込んでくる袈裟懸けだ。渾身の一撃を、身を躱して避けるのは無理。真っ正面から受け止めるしかない。しかし、前回、この一撃を受けた瞬間、自分の刀の峰が体に食い込みそうになるほど押し込められた。

この闘いの目的は時間を稼ぐことであり、相手を斃すことではない。しかし、佐之助ほどの手練れとなると、少しでも気を抜くとこちらが斃されてしまう。

軽く息を吐いた佐之助は、八双の構えのまま大きく踏み込み、凄まじい気合いとともに袈裟懸けに斬り込んできた。

——きた！

真正面から受ける新之丞。凄まじい衝撃に、鋼が空気を揺るがすほどの唸り声を上げる。

佐之助は、そのままぐいぐいと刀を押してきた。

——くそ……。

肩の古傷がずきりと痛む。昔、敵の仕組んだ罠にはまり、漁師に鉄砲で撃たれた傷だ。

痛みに顔を歪ませながら、新之丞は渾身の力で押し返した。

「まだまだ！」

今度はそれを佐之助が押し戻す。

それを数回繰り返した後、二人は頃合いを見て、さっと体を離した。

すかさず八双の構えに戻す佐之助。

だが、新之丞は刀を鞘に納め、そのまま身を翻した。

「逃げるとは卑怯なり！」

叫ぶ佐之助。

振り向いた新之丞は、不敵な笑みを浮かべると、そのまま茂みに中に姿を消した。

「また時間稼ぎだったか……」

吐き捨てた佐之助は刀を鞘に納め、先に行った林蔵たちの後を追った。

予め決めていた場所で庄治と落ち合った新之丞は、庄治が腕から血を流しているのを見て驚いた。

「吹き矢か？」

庄治は顔を顰めながら頷いた。

「振り返りざまに放った矢を命中させるとは、信じられない奴です」

「痺れるか？」

毒矢を心配した新之丞は、庄治の腕の傷を調べた。

「いえ、特には……」

傷跡は綺麗で、毒で爛れた様子ではない。

「よかった。毒矢ではなかったようだ」

新之丞は、お咲から持たされた晒しを懐から出し、庄治の腕の傷をしっかりと巻いた。

「大丈夫か？」

「はい。幸い、やられたのは左腕。礫は投げられます」

「よし。では、次の場所に移動し、再び奴らを襲う。まったく、慎三の人使いの荒さには文句の二言三言もぶちまけたいが、われらの役目は、あいつの策が完成するまでの時間稼ぎだ。連中の浜野への到着をできる限り遅らせる」

頷く庄治を連れ、新之丞は次の襲撃場所に急いだ。

辰吉によって大坂で足止めを食い、その後の道中でも新之丞と庄治に邪魔され続けた林蔵たちは、大坂を出て十二日目にしてようやく浜野藩の国境近くに到着した。

林蔵は風坊、佐之助、お凜に告げた。

「怪しまれぬよう、国境の関所は分かれて通る。あれだけ執拗に邪魔をしてきた連中のことだ。我らのことを藩に届けているに違いない」

「浜野藩は万全の態勢で待ち構えているということですか？」と風坊が訊いた。

林蔵は頷いた。

「怪しいものは国境で追い返すか、引っ捕らえるが上策だからな。ゆめゆめ油断するでないぞ」

だが、林蔵の懸念は杞憂に終わった。国境の関所では特に厳しく取り調べられることもなく、すんなりと通ることができたのだ。

四人は、関所から一里ほど離れた茶屋で、休息を装って落ち合った。

最後に関所を通り、遅れて茶屋に着いた風坊が、薄汚い布切れの敷かれた台に腰を下ろしながら首を傾げた。

「どういうことでしょう？　身構えていた分、拍子抜けしてしまいました」

商人姿の林蔵も同様に首を傾げた。

「浜野は二度目だが、前回に比べて特に国境の取り締まりが厳しくなっているということもないようだ。よほど呑気なのか、はたまた藩主が幕府の老中ということで油断しているのか……」

店の厠から戻ってきた佐之助は、袴の埃を叩き落としながら笑った。

「このような田舎の小藩に幕府の探索方が乗り込んでくることなどないと、高をくくっているのではないか？」

茶を啜っていたお凛も頷いた。

「いずれにしろ、あたいらにとっちゃ好都合じゃないか。こんなところに長居は無用。さっさと片付けて江戸に帰ろうよ」

四人が話していると、店の主人が、林蔵が注文した団子の皿を運んできた。

そのとき、店の近くの草陰がかさりと音を立てた。

――……！

思わず身構える四人。

だが、生い茂った草の間から出てきたのは二人の子供だった。いずれもみすぼらしい襤褸をまとっており、小さいほうは四歳くらいの幼児だ。

「また来た！」

店の主人は汚いものでも見るような目で手を振り、立ち去るように言った。だが、兄弟らしい二人は立ち尽くしたまま動かない。

「近所の百姓の子ですか？」と、林蔵が商人らしい口調で訊いた。

「へえ。飢饉で親が死に、親戚に引き取られた兄弟です。ですが、引き取った先も水呑み百姓でして、この子たちはろくな食い物も与えられていないようです」

「なるほど……」

「聞きしに勝る疲弊ぶりだな」と佐之助が眉をひそめた。

主人は頷いた。

「飢饉では数え切れないほどの百姓が死にました。その後、田畑は荒れて取れ高が減ったにもかかわらず、年貢は下がらず、生き残った百姓も生きていくのがやっとの有様です」

子供たちを見つめていた風坊は、皿の団子の串を掴むと、手招きした。

「お客様！」

主人がたしなめたが、風坊はそれを無視し、団子を一串ずつ兄弟に与えた。

目を輝かせた兄弟は、飢えた犬のように団子にかぶりついた。

「馬鹿だねえ」とお凜が言った。「たった一串の団子でこの子たちが救えるとでも思っているのかい？」

一心不乱に団子をむさぼる子供たちを見ながら、風坊は「わかっているさ」と答えた。「だが、この子たちは昔の俺だ。その前で、自分だけ団子を食うことなどできぬわ」

林蔵が主人に訊いた。

「藩は、このような有様を放置しているのですか？」

主人はふと周囲を見回し、誰もいないことを確認すると、低い声で言った。

「ここのお殿様は、江戸でお生まれになったせいか、国元のことなど全くご興味がないようなのです。それどころか、江戸で入用の金子を国元にせびられるため、百姓たちは困窮する一方。このままいけば、また飢える百姓が大勢出てくるでしょう」

「なるほど……」

主人は、嬉しそうに団子を食べる子供を哀しそうな目で見た。

「この子たちも、大人になるまで生きてはおられますまい」

返す言葉を失った林蔵は、そのまま立ち上がり、主人に団子の代金を払った。

金子を受け取った主人は目を剥いた。

「これでは多すぎます」

腰を上げた林蔵は「いいのです」と答えた。「そのかわり、あの子たちに時々団子を食べさせてやってください」

「え？」

「この子たちには何の咎もない。このまま死なせてはあまりに哀れです」

風坊は皿の団子をすべて子供たちに与えて立ち上がった。

「どうやら、たいへんなところに来ちまったらしいな」

浜野の城下町に向かう道中、林蔵たちはいくつかの村を通り過ぎたが、どこも貧困を絵にかいたような有り様だった。土地は痩せ、それを耕す百姓たちは皆ぼろを纏い、痩せ衰えている。話を聞くと、重税に耐え切れず、〈走り〉として他藩に逃げ込む者も多いとのことだった。

重い体を引きずるようにして畑に向かう、虚ろな目の百姓を一瞥した風坊が、憤りを隠せない様子で吐き捨てた。

「こいつはひどい……。幕閣としての出世しか考えない殿様のせいで、百姓たちはいつ餓死してもおかしくない状態じゃないか」

お凜も顔を歪めながら頷いた。

「村の娘たちは、口減らしのために売られているんだろうね。あたいと一緒だ……」

滅多に感情を表さない佐之助ですら、怒りで顔を紅潮させた。

「この藩の重役どもは、一国の政をなんと心得ているのだ……」

葉月四日、間宮たちは浜野の城下に入った。

五万石とはいえ、北海（日本海）に面した田舎の藩のことだ。城下町はそれほど大きくはない。浜野城は海に面した小高い丘の上に築かれており、その麓には武家屋敷が建ち並んでいるが、商人たちは川を一本隔てた対岸に店を構えている。そこを探したが、旅籠はいくつもなかった。通りかかった町の者に訊いたところ、柳通りと呼ばれる路地に面した二軒の宿を勧めてくれた。というより、勧められる宿はそれくらいしかないという。仕方なく、林蔵と風坊は〈美祢屋〉という旅籠に、佐之助とお凛はその斜向かいの〈萩屋〉という宿に入った。

林蔵と風坊が美祢屋の暖簾をくぐると、出てきた店の者はおやっという顔をした。

「お坊様もお泊まりでございますか？」

本来は寺に泊まるはずの虚無僧が旅籠に入ってきたのだ。無理もない。

商人姿の林蔵が進み出た。

「心細い一人旅ゆえ、お誘いしたのです。お代は私が二人分持ちますよ」

「それはありがとうございます。ただ、生憎、部屋が混んでおりまして、ご同室でも宜しいでしょうか？」

林蔵は鷹揚に頷いた。

「私どもはかまいませんよ」

商人と虚無僧という奇妙な取り合わせも、混んだ旅籠での同室ということなら目立たないし、打ち合わせには好都合だ。

足を洗って旅籠に上がると、どの部屋も客でごった返していた。

――なぜ、こうも混んでいる？

店の者に訊くと、泊まり客もいるが、単に飲みに来ている客も多いという。その理由を尋ね、ようやく理由がわかった。昨年、夫を病気で亡くして未亡人になった女将が評判の美人だというのだ。

――下らぬ理由だな……。

と思った林蔵だったが、その考えを改めたのは夕餉の時だった。

旅籠といっても田舎の小さなものだ。膳の上には港の近くで釣れたらしい小魚の煮付けと漬け物、そして味噌汁しか載っていない。しかし、その貧相な膳をいっぱしの馳走に見せているのは、前に座って飯を盛ってくれている女将の笑顔だった。手が足りないため、自ら飯盛りに来てくれたのだ。

「田舎の宿ですので、このようなものしかございません」

恥ずかし気に差し出す椀を受け取った林蔵は、迫る女将の顔から思わず視線を逸らしてしまった。切れ長の目にすっと通った鼻筋。襟から白いうなじが覗き、何とも言えぬ色気が匂い立つ。美人という点ではお凜も引けを取らないが、夫を亡くした女の持つ独特の艶めかしさには敵わない。その甘い香りが、独り身の林蔵には酷なほどの濃厚さで漂ってくる。

――いかん、いかん。

林蔵が咳払いをすると、女将はにこりと笑った。

「江戸からいらしたのですか？」

「はい。こちらのお坊様とは道中でお知り合いになりまして、心細さもあり、一緒に泊まっていただいている次第です」

風坊は伸びそうになる鼻の下を引き締めながら頷いた。

「こちらの方がどうしてもと言うのでな……」

「まあ、面白いお坊様」

可愛く笑う女将をその場に引き留め、林蔵はそのまま話し込んだ。浜野に関する情報をできるだけ多く取るためだ。

しばらくして、女将は訊いた。

「ところで、浜野には何の御用で？」

「浜野に用があるというわけではありません。石見を経て赤間関に行く途中で立ち寄ったのです」

「そうですか」

「それにしても、浜野で良い木材が採れるとは知りませんでした」

「木……ですか？」

女将は首を傾げた。浜野は海産物こそ豊富だが、木材は特に有名というわけでもない。

「ええ。このところ、江戸や大坂では浜野産の木材が多く出回っていますよ」

「そうなのですか？」

「杉や檜をはじめ、珍しいものでは白檀も出回っています」

「白檀？　そのような貴重なものが？」

「ええ。浜野のどこで採れるのですか？」

「さあ……」

女将はしばらく考えていたが、特に思い当たる節もないようだった。

——まあ、旅籠の女将では、知らないで当然か……。

林蔵が話題を変えようとした時、女将はふと思い出したように言った。

「そういえば、たまに浜野の港から大きな船が出るのを目にします」

「船？」

「ええ、その船は、しばらくすると、たくさんの木を積んで帰ってきます。恐らく、他の藩から買い付けてくるのだと思います」

意外な発言に、林蔵は「ほう……」と目を丸くした。

「もしかして、江戸や大坂で出回っているのは、その木ではないでしょうか？」

「他藩で買い付けた木を浜野のものとして売っていると？」

女将は頷いた。

「浜野で採れる木は種類も量も限られています。江戸や大坂で売るほどのものはないと思いますよ」

——それはおかしい。

と林蔵は思った。特産物とは自藩で採れるものだ。他藩から仕入れたのでは特産物ではないし、第一、仕入れ値が嵩む。

「その船は、今、どこに？」

「今朝は港に泊まっていました。また近いうちに海に出ていくのかもしれませんが、そればかりはなんとも……」

「そうですか」

そこに、女中が茶を持って入ってきた。

女将が訊いた。

「港に泊まっている船がいつ出るか知っているかい？」

「ああ、浅田屋さんの船のことですか？」と、女中は茶の盆を畳に置きながら答えた。「なんでも、木こりの数が揃わないとかで、船出を日延べしているようですよ」

——木こり？

林蔵は眉をひそめた。

「木材の買い付けに、なぜ木こりが必要なのでしょうか？」

女中は「さあ……」と首を傾げた。「詳しくはわかりません。どこかで木を伐るか、買った木を船に載せるときに枝でも削ぐのではないでしょうか……」

女将と女中が部屋を出ていくと、林蔵は風坊に言った。

「明日、町で斧を二丁手に入れてくれ」

「木こりに変装するのですか？」

「ああ。浅田屋の船に乗り込む」

「では、私が乗りましょう。間宮様はここでお待ち下さい」

林蔵は首を振った。

「いや、儂も行く」

風坊は眉をひそめた。林蔵様は四十八歳になる。江戸から大坂を経て浜野に着いたばかりで疲弊しきっているはずだ。その体で、どこへ行くのかもわからぬ船に乗り込むのは無茶ではないか？

だが、林蔵は屹然（きつぜん）と言い切った。

「儂は何事もこの目で見ないでは気が済まぬ。蝦夷地でもそうしてきた」

「ですが……」

「どこで木を伐採しているか、この目で見たい。それが動かぬ証拠となる」

「正体が露見したら生きて帰れませぬぞ」

「蝦夷地では何でもやった。アイヌの村では伐採も手伝った。木こりもできぬことはなかろう」

「それは、そうかもしれませぬが……」

「明日、向かいの宿に泊まっている佐之助とお凛に伝えてくれ。二人は打ち合わせ通りに動けとな」

三、葉月六日　浜野港

浜野の港は水深のある良港で、浅田屋の弥勒丸はその巨体を港の岸壁に繋(つな)がれていた。

岸には木箱が置かれ、その上には真っ黒に日焼けした男が胡座(あぐら)を掻き、潮で嗄(か)れた声を張り上げて水夫たちに様々な指示を出していた。

そこに、見すぼらしい姿の二人の男が近づいてきた。肩には年季の入った斧を載せている。

声をかけられた男は胡散臭げな目で二人を見た。

「なんだ、おめえら？」

「木こりをお探しと聞いてやってきたのですが、どなたとお話しすればよろしいでしょうか？」

「誰に聞いた？」

その眼付きの鋭さに身をたじろがせながら、後ろの大きい男がおずおずと言った。

「薪を納めに行った旅籠の女中に……」

男はちっと舌を打った。

「あのお喋りが……」

「あの……、その話は嘘だったのでしょうか？」

男は仕方がないと言った顔で二人を見た。

「本当だ。俺は船長代理の権治。給金は一日銀二十匁。やる気があるなら雇ってやる」

「銀二十匁も？」

「あの……」

江戸の大工の稼ぎが一日銀五匁の時代、木こり風情には破格の金額だ。二人の顔が思わず綻んだ。

「お前たち、名前は？」

「あっしは林助。こっちは風吉です」と林蔵が答えた。

「ふーん」

権治は林蔵を睨んだ。

「おまえ、歳はいくつだ？」

「三十とちょっとです」

「嘘をつくな。四十はとうに過ぎているだろう」

「はて……。自分が生まれた年は知らねえもんで」

権治は呆れたといった顔をした。

「若いほうはいいとして、おまえはその年ではきついだろう。やめたほうがいい」

林蔵は首を振った。

「大丈夫です。木こりの腕じゃ誰にも負けません。連れていってください」

権治はうーんと唸り、しばらく考えていたが、必死の形相で見詰められているうち、とうとう根負けした。

「まあ、いい。働きがなければ金はやらねえ」

「ありがとうございます」

林蔵は深々と頭を下げた。

「あのー」と、後ろに控えていた風坊が訊いた。「船で木を伐りに行くのですか？」

「ああ」

「どこの島へ？」

「それは言えねえ」

「え？」

「それがおめえらを雇う条件だ。嫌なら止めな」

二人は一瞬顔を見合わせたが、すぐに声を合わせて答えた。

「金さえ貰えるんなら、どこへでも行きます」

「行き先を漏らしたら金は返してもらうし、場合によっちゃあ生かしちゃおかねえぜ」

ふたりはしっかりと頷いた。

「山に戻っても、もう伐る木は残ってねえ。家族を食わせるためなら何でもします」

林蔵と風坊はそのまま船に乗り込み、雑用をすることになった。

船には二十人近い男たちが乗っており、その中には他の木こりも数人いた。木こりたちは林蔵と風坊に不審そうな目を向け、そのうち、一人が話しかけてきた。

「おまえたち、見かけねえ顔だが、どこの村のもんだ?」

思わず口ごもる風坊に代わって、林蔵が答えた。

「長田(おさだ)村の者です」

「長田村といやあ、広島藩との国境じゃねえか?」

「へえ」

話しかけてきた木こりの目が細くなった。

「おまえたち、本当は浜野の木こりじゃねえんだろう?」

「浜野のものです。ですが、山の中に線が引いてあるわけじゃなし、浜野藩も広島藩も違いはありません。そうでしょう?」

木こりはしばしば国境を越えて木を伐ることがある。二人の身元を怪しんでいた木こりは、それ以上は突っ込んでこなかった。

船に乗って二日後の早朝、弥勒丸はようやく浜野の港を出た。

幸い、海はさほど荒れていなかった。

二人が甲板で海を眺めていると、文吉（ぶんきち）と呼ばれている水夫頭（かこがしら）が近づいてきた。

「あんたら、運がいいな。今は夏だから穏やかだが、冬の北海（日本海）はこんなもんじゃないぜ」

「相当荒れるんですか？」と風坊がおずおずと訊いた。

文吉は頷いた。

「荒れるってもんじゃない。船なんて、水に浮いた落ち葉みたいなもんだ。くるくる回って波間に沈みそうになったかと思うと、次の瞬間には波に乗って天に突き上げられる。その間に水夫の何人かは波にさらわれ、いなくなっちまう」

風坊の顔から血の気が引いた。

「冬じゃなくてよかったぜ……」

林蔵も蒼い顔で頷きながら、文吉に訊いた。

「目指す島までは、まだ時間がかかんですかい？」

港を出たのは早朝だが、高く昇っていた陽もだいぶ傾いてきた。

文吉は帆を見上げた。巨大な二十四反帆は風を孕んでぱんぱんに膨らんでいる。

「今日はいい風が吹いている。いつもより早く着くだろう」

「へえ……」

先程から思っていたが、文吉の声は他の水夫と違って潮嗄れしていない。髪は総髪。あまり日焼けもしておらず、態度も荒々しくない。どちらかというと、町医者か学者のような風情だ。

林蔵は、思い切って訊いてみた。

「文吉さんは長く船に乗ってらっしゃるんですか？」

文吉は笑った。

「やっぱり水夫っぽくないかい？」

「いえ、そんなことは……」

「一応、水夫の長を任されているが、店では副番頭だ」

林蔵は狼狽して頭を下げた。

「これは失礼しました」

「浅田屋は当主の富之助さん自(みずか)らが船長として船を操っているくらいの小さな店(たな)だ。手が足りないときは副番頭の私も船に乗るのさ」

「ということは、ご当主の富之助さんは別の船に？」

「ああ。商いで能登(のと)の福浦(ふくうら)に行っている」

「なるほど」と、林蔵は納得したように頷いた。

脇から風坊が訊いた。

「わしらは行き先を教えて貰っていねえのですが、ずいぶん遠いのですね」

「ああ、遠い」

林蔵が「まさか、朝鮮の島ではないですよね？」と鎌をかけた。

文吉はそれには答えず、逆に訊いてきた。

「あんたたち、船に乗って木を伐りに行くのは初めてかい？」

二人は同時に頷いた。

「薪を卸(おろ)している旅籠の女中から、木こりを探している人がいると聞いたもんで」

「辛(つら)い仕事だぜ？」

「大丈夫です」風坊は剝き出しの腕に力こぶを作って見せた。「力仕事じゃ誰にも負けません。金になるんなら何でもやります」

「なるほど、頼もしいな」

文吉は笑いながら林蔵のほうを向き、頰にある、爛れたような傷にふと目を留めた。

「その傷は？」

蝦夷地での凍傷の痕とは言えない。林蔵は「昔、山中で熊に襲われまして」と咄嗟に嘘をついた。「その時の傷が残ってしまいました」

「引っ掻き傷にしては、焼け爛れたような痕だな……」

「熊の爪には毒がありますので、熱した火箸で焼きました」

「ほう……、それは難儀なことだったな」

林蔵の話を信じたのかどうかはわからないが、文吉は、それ以上は訊いてこなかった。

陽が落ちかけた頃、遠くの波間に島影が見えた。

「あれが目指す島だ」と文吉が言った。

遠かったことは確かだが、朝鮮であれば二昼夜はかかるはずだし、その覚悟はしていた。それを考えると、意外な気もする。

島が近づき、弥勒丸の中は俄然慌ただしくなってきた。

船長の権治の潮嗄れ声が船内に響き渡る。

権治は水夫たちに櫂を漕がせ、弥勒丸を島の入り江まで持っていくと、そこで錨を下ろし、全員を甲板に集めた。

「明日は陽が昇り次第に島に上がる。今夜はゆっくり休んでくれ。酒もあるぞ」

水夫たちから歓声が上がり、さっそく酒盛りが始まった。

林蔵と風坊は皆に酒を注いで回りながら島のことについて尋ねたが、ここが異国の島だと言う水夫は一人もいなかった。

それでもこの島は異国の島かとしつこく訊く二人に、水夫の一人は、「おまえら、馬鹿じゃないのか？」とあからさまに嘲笑した。「異国の島なんかに行ったらお縄になっちまうだろう？」

一回り酒を注いで回った林蔵と風坊は、甲板の隅に腰を下ろして首を傾げた。

風坊が苦い顔で言った。

「乗る船を間違えたんじゃないですか？」

林蔵は渋々ながら同意した。

「そうかもしれぬな。もしくは、今回はたまたま浜野藩領の島に伐採に来たのやもしれぬ」

「では、明日は、どこにでもあるようなつまらぬ木を伐るだけになるのでしょうな」

「だとしても、いまさら引き返せぬ。こうなったら、正体だけは露見せぬよう、くれぐれも気を付けるのだ」

風坊は頷き、「まあ、せいぜい日当を稼ぎましょう」と言って笑った。

第四章　謎の島

一．葉月十一日　沖島

島に上陸した林蔵と風坊は目を疑った。

——これは夢か……？

林蔵は思わず自分の頬を打ってみた。

——痛い。

ということは、夢ではないのだ。

二人が驚いたのも無理はなかった。眼前には見事な木々が林立している。それも、杉や欅といった高級木材になるものばかりだ。

陽の位置からして、上陸したのは島の南側の一画らしい。

「行くぞ」と、木こりの長に促されて浜から島の奥に進むと。両脇に岩山が迫ってきた。その奥にも岩山が見える。どうやら、林蔵たちがいる場所は、三方が岩山で塞がれ、残りの一方が海に面した盆地のようなところらしい。木々は岩山の麓の部分に生えているのだ。

すでにかなり伐採が進んでいるとみえ、木は密生しているわけではなく、木と木の隙間にはかなりの数の切り株が残っていた。

――なんだ、これは……。

林蔵は目を見開いたまま、瞬きもせずに周囲を見回した。

「驚いたかい？」

いきなり声をかけられ、びくりと肩を震わせて振り返ると、後から島に上がってきた文吉が立っていた。

動揺に気づかれないよう、林蔵は小さく頷いた。

「この島の名前は何というのです？」

文吉は腕に止まったやぶ蚊を叩きながら「沖島」と答えた。

「沖島……？」

「浜野藩の島だぜ」

「わが藩に、このような島があるのですか？」

文吉は笑った。

「島くらいあるさ。ちゃんと絵図にも載っている。まあ、木こりのおまえたちが藩の絵図を見ることもないだろうがね」

「しかし、なぜ、このようにたくさんの杉や欅が生えているのです？」

「この島の近くの海は温かい。なんでも、海の底に火の山があるって話だ」

「火の山？」

「ああ。富士のお山のように、熱くて溶けた岩を抱え込んだ山さ」

風坊は目を丸くした。

「それが海の底にあるっていうんですか？」

「そうさ。そのせいでこの島は常に温かく、雨も多い。だから木々の生育が早い」

「それに、かなり多くの種類の木々が育っているようですね」

「杉、欅、檜、桐といった高級木のほかに、白檀のような香木もある」

「白檀は南国の木では？」

「ここの気候なら育つと考えた何代も前の浅田屋の当主が、藩の許しを得て様々な木の苗を植えたのさ。そのなかに白檀もあった」

「それがここまで育ったというのですか？」

「何度も失敗して、ようやくだがな」

「なんと……」

「木だけではない。海には海草が生い茂り、鮑や海鼠もたんと獲れる」

「それらを持ち帰り、江戸や大坂で売っているということですか？」

「そうだ」

「なんと、なんと」

風坊は感嘆の声を漏らした。

だが、先程から文吉の話を聞いていた林蔵は小さく首を傾げた。

「岩山に囲まれたこの限られた場所で伐採できる木はたいした量ではない。島の他の場所ではもっと多くの木が生えているのではないですか？」

文吉は頷いた。

「あの岩山の向こうに広がる島の北側はもっと開けている。だが、そこの木はあらかた伐採してしまった。残るのはこの南側だけだ」

「丹精込めて育てた木を伐り尽くしてしまうおつもりですか？」

「仕方がないさ。藩の台所事情は、そんなことに構っていられないほど追い詰められていると聞く。まったく、藩のお偉いさん方は、高い扶持米を貰いながら、ろくな仕事をしていないらしい」

林蔵たちが文吉と話している間に、他の木こりたちは決められた持ち場に散り、木を伐り倒し始めた。

船長の権治が林蔵と風坊に向かって声を上げた。

「何をぐずしているんだ。しっかり働かないと金は払わねえぞ！」

二人は「すみません」と謝ると、文吉に頭を下げた。

「色々教えていただいて、ありがとうございました」

文吉は持ち場に向かう二人に「あまり森の奥に行くんじゃないぜ」と注意した。

「へい」

文吉が他の方向へ歩いていったのを確認すると、林蔵は風坊に小声で話しかけた。

「岩山の向こう側はもっと開けていると言っていたな」

「ええ」

「奥の岩山に登り、島の向こう側を見てこい」

「文吉って奴が嘘をついていると?」

「わからぬ。それを確かめるのだ」

風坊は頷いた。

「わかりました」

「時がない。急げ」

林蔵と別れた風坊は、自分の持ち場に行くと見せかけ、すっと杉の木の裏に回り込んだ。

しばらくそこで身を潜める。周囲に人の気配はない。

――よし……。

姿を現わした風坊は森の奥に進んでいった。このまま進めば岩山に突き当たるはずだ。それをよじ登れば島の北側が見渡せるだろう。

一方、自分の持ち場に向かった林蔵は、木陰に身を隠し、懐から浜野藩の絵地図を出して広げた。確かに、浜野藩の沖合にはいくつかの小さな島があり、そのうちの一つには〈沖島〉と表記されてあった。

――江戸や大坂で売り捌いている木材は、この沖島で伐ったものだというのか……?

絵地図を畳んで懐に戻すと、目の前の太い杉を斧の背で叩いてみた。コンという硬い音が返ってくる。なるほど、見事な杉の木だ。

――仕方がない。怪しまれないよう、仕事をするか……。

着物の袖をめくり上げると赤銅色の腕がむき出しになった。蝦夷地で鍛え上げた筋肉は四十八歳とは思えない太さだ。両手で持った斧を振りかぶり、思い切り振り下ろす。カーンという心地よい音が森に響いた。

森のあちこちから斧の音が聞こえるなか、風坊は奥に向かって小走りしていた。

暫くすると、地面に足がめり込み始めた。湿地帯に入ったのか、地面には水が染み出し、じめじめしている。

――気持ちの悪いところに来ちまったな。

そう思った矢先、足首に激しい痛みを感じた。

立ち止まって視線を落とすと、なんと、蛇が咬み付いていた。

「うわ！」

思わず声を上げた風坊は足を大きく振った。だが、深く食い込んだ蛇の牙はなかなか抜けない。

「くそ！」

慌てた風坊は蛇を摑み、思い切り引っ張った。やっと牙が抜けた。そのまま腕を振ると、蛇は遠くに飛んでいった。

腰を下ろして傷口を見る。牙の痕から血が滲み出してきた。

――まさか、蝮じゃないだろう……？

その時、「おい、大丈夫か？」という声が聞こえた。

驚いて振り返ると、はるか後方に人影が見えた。走って近づいてくる。

やがて、それは文吉だとわかった。

「どうしたんだ？」

「蛇に咬まれて……」

文吉は風坊の脇に膝を突くと、しばらく足首に付いた歯形を調べていたが、やがて「これはいかん」と言うや、傷口に口をつけ、毒を吸い出し始めた。

吸っては吐くという動作を何度も繰り返す。

風坊は怯えた顔で訊いた。

「やはり、毒蛇なのですか？」

文吉は頷いた。

「この辺りには蝮が多い、だから森の奥には入るなと言ったのだ」

毒を吸っては吐き出すことを更に十回も繰り返した後、文吉は袋から取り出したさらしで傷口をしっかりと縛り、粉薬を差し出した。

「解毒剤だ。すぐに飲め」

風坊は粉薬を口に含み、水筒の水で飲み下した。

「どうだ？　足が痺れる感じがするか？」

風坊は片足で立ち上がり、蛇に咬まれたほうの足を振ってみた。傷は痛いが、痺れてはいない。

「痺れはないです」と答えると、文吉は安堵したように頷いた。

「毒は吸い出したし、すぐに解毒剤を飲んだから、まあ大丈夫だろう」

風坊は全身から一気に力が抜けたようにへたり込み、頭を下げた。

「おかげで助かりました。何とお礼を言っていいやら……」

「ちょっと見てみな」

文吉は立ち上がると、風坊を助け起こし、森の奥を指した。

そこには沼のような湿地があり、恐ろしいことに、無数の蛇が蠢いていた。

「なんてことだ……」

風坊の顔から血の気が引いた。

「だから、あまり奥には行くなといっただろう？　この島は火の山のせいで地面が温かい。毒蛇にとっちゃ天国なのさ」

「他の人たちは大丈夫なのですか」

「あの辺りの蛇はあらかじめ駆除してある。むやみに動き回らなければ大丈夫だ」

「しかし、文吉さんは、なぜここに？」

「馬鹿だな。船長の権治さんが、おまえの姿が見当たらないと騒いでいたから、探しにきたんじゃないか」

「そうなのですか？」

「そういうおまえは、持ち場を離れて、こんなところで何をしていたんだ？」

風坊は返事に窮した。まさか、岩山をよじ登ろうとしたとは言えない。

「腹が……、痛くなりまして」

「腹を下したのか？」

「ええ。さすがにあの場で尻をめくるわけにもいかず、用を足せるところを探しているうちに、ここまで来てしまいました」

風坊の言い訳に、文吉の目が徐々に細くなっていった。

「本当かい……？」

眼差しこそ柔らかいが、心の奥の奥まで見透かされそうで、思わず背筋に悪寒が走った。

――こいつ、本当に商人か……？

額に冷や汗が流れる。腰に挟んだ吹き筒にそっと手を伸ばし、矢を詰めた。

だが、次の瞬間、文吉は表情を変え、笑みを浮かべた。

「とにかく持ち場に戻れ。今日のうちに伐採を終えて船に積み込まなければ、明朝、船が出せない」

背を向けて立ち去る文吉を見つめながら、風坊はふーっと息を吐き、吹き筒からゆっくりと手を離した。

夕刻にはすべての木こりが割り当てられた本数の木を伐り終わった。

本業の木こりではない林蔵と風坊がなんとか伐採を終え、浜に報告に戻ると、他の木こりの伐った木は、枝を削がれ、決められた長さに切り分けられて船に載せるだけの状態になっていた。

「なんて早さだ……」

本業の木こりたちの手際の良さに、風坊は感嘆の声を上げた。

「なんだ、おまえたち、まだ終わってないのかよ？」

早く切り上げて船で酒を飲みたい他の木こりたちは、仕方なく、林蔵と風坊の伐った木を切り分けるため、二人の持ち場に向かった。

「すみません……」

木こりたちに頭を下げながら、林蔵は先程から不機嫌そうな顔を崩さない。風坊が蛇に咬まれるというへまをやらかしたせいで、未だにこの島の全貌(ぜんぼう)すらつかめていないのだ。陽が落ちれば歩き回るわけにもいかず、明朝は早くに船が出る。

――くそ……！

動きのとれない林蔵は心の中で吐き捨てた。

翌朝、弥勒丸は沖島を出発した。

沖合で帆を張り、海上を滑るように走り出した頃、沖島では驚くべきことが起きていた。

森の奥にあった岩山が突然、音もなく崩れ落ちたのだ。いや、倒れてきたといったほうが正しい。なんと、林蔵たちが岩山と思っていたものは、弁才船用の大きな二十四反帆を四枚も縫い合わせた布に描かれた精密画だったのだ。

ガサガサと音を立てながら森から出てきた男が声を上げた。

「いやー、ひやひやしたぜ！」

声の主は〈眩ましの甚五郎〉。慎三が大坂から連れてきた絵師だ。

「昨日は夕刻から風が強くなってきたからな。絵が倒れないかと肝が冷えたぜ」

続いて森から出てきた慎三が手を打った。

「さすがは舞台絵を得意としている甚五郎さんの力作だ。島に上がった連中、みんな本物の岩山だと信じて疑わなかったみたいだぜ」

林蔵たちの上陸した浜の両脇には本物の岩山が迫り、麓には木が生い茂っている。その限られた視界のなかでは、甚五郎の描いた絵は聳え立つ岩山にしか見えない。

二人に続いて、森の奥から次々と水夫たちが現れ、絵の描かれた帆を畳み始めた。他の水夫は地面に置かれた切り株を片付けていった。

富之助も姿を見せ、感嘆した様子で唸った。

「いや、驚きました。これほど見事に欺けるとは思っていませんでした」

二　葉月九日　沖島

話は、林蔵たちが沖島に上陸した日から二日ほど遡る。

蘭島からやっとの思いで沖島に到着した富之助たちは、休む間もなく、総出で荷下ろしを始めた。

浜には、先に着いた岩田屋の船から下ろした木の幹と一緒に、別の船で浜野からやってきた鳶職人たちが待ち構えていた。

彼らは、船から下ろした木を浜に横たえ、印と印が合うものを手際よく揃えていった。

合計六隻の弁才船で運んできた木材を印どおりに揃えると、やがて横たわった五十本の木ができあがった。

次はこの木を垂直に立ち上げなければならない。

富之助が「大丈夫でしょうか？」と心配そうに訊いた。

慎三は口元を緩めた。

「そのために、あの飲んだくれの〈眩ましの甚五郎〉を大坂から連れてきたんだ。まあ、見てなって」

甚五郎の指示のもと、鳶職人たちが一斉に動き始めた。

まず、地中に掘った穴に幹の根元を埋めて起立させる。そして、立ち上がった幹の中心に鉄芯を打ち込む。近くの大岩に昇った鳶が上から縄を垂らし、中心に穴を穿った別の幹を吊り上げる。吊り上げた幹の芯の穴に、下の幹の鉄芯を差し込み、二つの幹を繋ぎ合わせる。この作業を繰り返すことで、ばらばらだった幹は一本の木に戻っていく。

次に、岩山から下ろした縄に梢の先の部分を結わえ、岩山に登った水夫たちが持ちあげる。地面にいる水夫たちが、梢の下の部分を結わえた縄を持ち、立ち上がった幹の部分まで引いて導く。幹には鳶が登り、岩山の鳶たちがゆっくり下ろしていく梢を下の幹の中心に打ち込んだ鉄棒に嵌めていく。この作業を何十回と続けるうち、蘭島の木々はそっくり沖島に移植された。

最後に、蘭島から持ってきた切り株を木と木の間に埋め、あたかも伐採が進んだ森のように見せかけた。

しかし、所詮は切り倒した木材だ。幹はともかく、梢の葉は蘭島から沖島までの航海の間に枯れてしまう。だが、沖島に移植された木々の葉は、なぜか瑞々しい緑色を保っていた。

これは甚五郎の細工だった。蘭島で切り倒した直後の木の葉に、乾くと固まる粘着性の液体を塗り、さらに緑色の染料を塗る。そうすることで、葉が梢にくっついたまま落ちず、枯れても緑色を保つようにしたのだ。

森が完成すると、巨大な二十四反帆用の布に甚五郎が描いた岩山の精密画の端を長い竹竿に結びつけ、樹木の向こう側に立てた。

——これはすごい……。

富之助は思わず息を呑んだ。生い茂った梢の向こうに別の岩山が聳えているとしか見えない。空の色は今日の晴天に合わせて蒼く塗られ、そのまま空に溶け込んでいる。この絵によって、この場所は三方を岩山で囲まれ、残る一方は海に面しているという、塵取りの底板のような場所になった。

慎三が言った。

「蘭島から運べる木の本数は限られている。島全体を樹木で覆うのは無理だ。だからこうやって間宮たちの視界を狭い範囲に留めるって寸法さ」

「これは、さながら巨大な舞台装置ですね」と、富之助は改めて感嘆の声を上げた。

　二人の隣で絵を見ていた甚五郎は腕を組みながら呟いた。

「空の色は当日の天気に合わせて塗り替えなきゃならねえな」

「雨が降ると厄介ですね」と富之助。

「その時は、天気が回復するまで船を沖で待たせることになっている」と、慎三が答えた。「船には文さんが乗っている。手抜かりはねえさ」

「文七さんは何に変装するのですか」

「水夫といってもばれてしまう。まあ、手が足りなくなったんで急遽船に乗り込んだ浅田屋の副番頭ってところかな」

「なるほど……」と富之助は感心したように言った。「ですが、精密な絵も、あまり近くに寄られては、ばれてしまうのではないですか?」

　慎三は素直に頷いた。

「そのとおりだ。だから、森の奥に入れないような工夫を考えている」

「工夫？　どのような？」

「蘭島で買ったものをばらまく」

「そういえば、慎三さんは蘭島で買った竹籠を船に持ち込んでいましたが、何が入っていたのですか」

「蛇さ」

富之助は目を丸くした。

「毒蛇ですか？」

「いや、シロマダラという蛇で、毒はない。だが、敵を威嚇するときは頭を三角にするので、よく蝮と間違えられるらしい。そいつを数十匹ばらまいて、森の奥に入ってきた奴を襲わせる」

「考えただけでぞっとしますね」

「間宮たちと一緒に島に上がる文さんには、解毒剤と称した薬を持たせておく。中身は単なる胃薬だがな……」

「毒蛇に咬まれても、その解毒剤で助かるという筋書きですか？」

「そういうことだ」

「これは、まさに島の替え玉ですね」

「ああ。人の替え玉を作るだけが替え玉屋の仕事じゃねえよ」

その時、自分の作り上げた巨大なからくりを眺めていた甚五郎が慎三に向き直り、訊いた。

「だが、間宮って野郎、本当にここに来るかな？　浜野藩が異国と取引をしている証拠を摑む絶好の機会とはいえ、船に乗ったが最後、異国に連れていかれて帰ってこられないかもしれねえんだぜ？」

「いや、来るな」慎三は不敵に笑った。「文さんの調べによると、間宮は蝦夷地だけでは飽き足らず、海を渡って樺太ってところまで行ったそうだ。異国に行くことなんか屁とも思っていないさ」

この慎三の予想は当たっていた。まんまと慎三の罠に嵌まった間宮は、この沖島にやってきた。そして、そこに自生している木々を見て驚愕した。無理もない。異国から買い付けていたと思っていた高級木材は、海底火山の影響で特異な気候となった浜野藩領内の島で育ったものだったからだ。いや、そう思わされたからだ。

散々苦労して割り当ての場所の木を伐った林蔵と風坊は、夕刻、へとへとになって船に戻った。伐採された木は枝が削がれ、幹は一定の長さに切り揃えられ、船倉に積み込まれていた。

林蔵は疲れた体を甲板に投げ出した。

その隣に転がった風坊は天を仰いで大きな溜息をついた。

「とんだ骨折り損でしたね」

林蔵は寝たまま頷いた。

「これらの木々が浜野藩領の島で育っているなど、誰が想像できよう」

寝転んでいるうち、船は沖島を離れ、水夫たちは沖合で帆を張った。

良い風が吹き始めたのか、帆はすぐに膨らみ、船は勢いよく海上を滑り始めた。

潮風を受けながら、風坊が訊いた。

「港に戻ったらどうします？」

「どういう意味だ？」

「このままでは、浜野藩には異国との取引の疑いなしということになってしまいます」

「証拠が挙がらないでは、そういうことになっても仕方あるまい」

そうは言いながら、林蔵の心の中で何かが引っかかっていた。理屈ではない。探索方、いや冒険家としての勘が、何かがおかしいと言っているのだ。だが、肝心の証拠がない。

「もしかすると、浜野に残ったお凜が何か探り出しているかもしれませんよ。あいつは人からものを聞き出すのが上手いですからね」

「あまり期待はできないな」

「そうですかね……」と言いながら、風坊は自分の着物の袖を見た。

「どうした？」

「葉の緑色が着物に付いてしまいました」

風坊は着物の袖を林蔵に見せた。確かに、袖が染められたように緑色になっている。

「やけに鮮やかな緑色だな」

「そういう間宮様の袖にも、ほれ」

林蔵は自分の袖に目をやった。こちらも緑に染まっている。触ってみると、妙に粘っこい。

——なんだ、これは……。

林蔵は首を傾げてしばらく考えていたが、やがて立ち上がった。

「どうしたのです？」

「船倉に行って材木を調べる」

二人は、思い思いに寝そべっている水夫や木こりたちを避けながら船倉への入り口に向かった。そして階段を下りようとした時、船が大きく揺れた。風が強くなり、海が荒れ始めたのだ。

船長の権治が「帆を下ろせ！」と号令をかける。

水夫たちはいっせいに帆柱に飛び付き、綱を緩めて巨大な二十四反帆を下ろし始めた。

林蔵と風坊はその隙を縫って、船倉に下りた。しかし、船の揺れはますます激しくなってくる。木材を結んだ縄がぎしぎしと音を立て、今にも切れそうだ。それでも木材に近づいた林蔵は、木の切断面を注意深く調べた。そして、木の中心に穴が穿ってあるのを見つけた。それも一本ではない。ほとんどすべての木の断面の中心に穴がある。

――この穴はなんだ……？

その時、後ろから「何をやっている？」という声がした。

振り返ると、そこには手燭を持った文吉が立っていた。

林蔵は一瞬口籠ったが、「海が荒れてきたので、縄で束ねてある材木がばらけないかと気になりまして」と、その場を繕った。

「心配してくれるのはありがたいが、縄が切れたら、それこそお前たちが圧し潰されちまう」

「文吉さんこそ、どうしてここに？」

「おまえたちと一緒さ。材木がばらけたら船の左右の均衡が保てず、最悪の場合は転覆だ。だから見にきた」

「今見た限りでは大丈夫そうですが……」

「そうらしいが、この揺れだ、いつ縄が切れるかわからない。危ないから離れていな」

「ですが……」と反論しようとした風坊の肩を林蔵が摑んだ。

「行こう」

「しばらくすれば時化も収まるだろう。それまで空いている場所で休んでな」

林蔵は「へい」と頭を下げながら、「そういえば」と、思いついたように訊いた。

「木の年輪の真ん中あたりに穴が穿ってありました。何のための穴でしょう？」

文七は「さあ……」と首を傾げた。「私は材木問屋じゃないから詳しくはわからないが、木材の質の良し悪しをみるためにじゃないのか？」

「芯の硬さで選り分けると？」

「まあ、そういったところだろう」

——それはおかしい。

と林蔵は思った。それならあそこまで深く穴を穿つ必要はないはずだ。それに、穴は何かを差し込むためのものに見えた。

文吉は、穴のことは気にしていないといった風に訊いた。

「この手のことは、私よりおまえたちのほうが詳しいんじゃないのかい？」

そこを指摘されては言い返せない。迂闊なことを口にしたら、本物の木こりでないことがばれてしまう。林蔵はそこで話を打ち切り、風坊を促すと、揺れる船倉から出ていった。

三　葉月十四日　浜野藩

浜野に戻った林蔵と風坊は、佐之助が見つけてくれた、浜野の郊外にある廃屋に身を潜めた。もともとは老夫婦が胡麻油を作って売っていた店だったらしいが、跡継ぎがおらず、親戚の家に引き取られたとのことだった。奥まったところにあるこの一軒家は、周囲に人影もなく、四人が身を潜めるには絶好の場所だった。

林蔵はその居間でうなだれていた。

密貿易の証拠を摑むと勢い込んで船に乗ったはいいが、辿り着いたのは浜野藩領の〈沖島〉だった。海の底に火の山があるというその島の気候は温暖湿潤。そこには、日本では育たないはずの白檀をはじめ、様々な高級木が植えられていた。自藩の島で育てた木を伐採して売るのであれば何の問題もない。

隣に座っている風坊は、先程から、蛇に咬まれた足首をゆっくりと揉んでいる。

「もう、何ともないのか？」と林蔵が訊いた。

風坊は頷いた。

「文吉さんが毒を吸い出し、解毒剤を飲ませてくれたおかげです」

「解毒剤、か……」

その点も腑に落ちない。なぜ文吉はそのような場所にいた？　そして、なぜ手回し良く、解毒剤まで持っていた？

――最初から我々の動きを監視していたのか……？

ますます混乱した頭を整理していると、町中の様子を探っていたお凛が帰ってきた。

林蔵を見るや、お凛はにやりと笑った。

「評判の美人女将の口車に乗せられて、近くの島に木を伐りに行ったそうじゃないですか？」

林蔵は憮然(ぶぜん)とした表情でお凛を見返した。

「どうやら私の読みが外れたようだ。木材は異国ではなく、藩内の〈沖島〉という島で伐ったものだった」

「それを信じるのですか？」

「疑わしい点は多々ある。儂の勘も、どこか怪しいと言っている。だが、自分の目で見たものを否定するだけの根拠にはならない」

「その鋭い勘のおかげで、蝦夷地でいくつもの窮地(きゅうち)を乗り越えられたのでは？」

お凛の指摘はもっともだった。これまで、林蔵の勘が外れたことは滅多(めった)にない。

「私もこの目で見た」と風坊が口を挟んだ。「海の底にある火の山のせいで、その島の周辺は暖かく、雨も多い。そこには杉、欅、桐の他に、白檀という見たこともない木まで生えていた。我々は実際にそれらを伐ってきたのだ」

「ふーん」

お凜は訝し気な目を向けた。

「なんだ、疑っているのか？」と、風坊がいきり立った。

「まあ、林蔵様がこれで引き下がるっていうのなら、あたいはこれ以上、何も言わないさ」

「で、そちらはどうだったのだ？」

「あんたたちのいない間、呑み屋の女中をしながらいろいろな情報を集めたけど、二つ収穫があったよ」

「ほう、それは？」

「一つ目は、この藩の重役たちは一枚岩ではないってこと。国家老の岡本治長は、出世欲に取り憑かれた殿様の浪費を諫め、百姓たちを苦しめる年貢のこれ以上の引き上げを避けようとしている。でも、それは一握りの少数派。他の重役たちは殿様に尻尾を振るしか能のない連中で、江戸家老の陣内敏則に肩入れし、年貢をさらに引き上げようとしている」

風坊は目を剝いた。

「馬鹿な。これ以上年貢を引き上げたら、百姓どもは本当に飢え死にしてしまうぞ」

「そんなこと、誰も気にしちゃいないさ」と吐き捨てたお凜は話を続けた。

「その国家老の岡本と浅田屋の当主の富之助は幼い頃から兄弟同然に育ったんだって。だから、富之助は岡本のためならなんでもするのさ」

「なるほど……」林蔵は頷いた。「で、収穫の二つ目は？」

「浅田屋の当主、富之助の許嫁(いいなずけ)の加代って女が大坂から来ているらしいです」

「それがどうしたのだ？」

「この加代って女、富之助にぞっこんで、嫁にしろと迫って押しかけてきたようです」

林蔵は眉をひそめた。

「何が言いたい？」

「林蔵様は、この手のことは鈍(にぶ)いですね。女っていうのは頭よりも感情で動く生き物。これを利用しない手はないってことですよ」

風坊が首を傾げた。

「さっぱりわからぬ」

お凜は、大きく溜息をつくと、説明を始めた。

それを聞き終わった風坊は「なるほど」と膝を打ち、林蔵を見た。

「この策、やってみる価値はあるのでは？」

林蔵はしばらく考えていたが、やがて頷いた。

「よかろう。このまま江戸に引き上げるのも能がない。ここはひとつお凜に任せてみよう」


同じ頃、浜野に戻ってきた富之助は、加代がずっと居座っていることに閉口していた。

しかし、岩田屋が福江島まで三隻の弁才船（べざいせん）を回してくれたのは、加代が父の庄右衛門を説得してくれたおかげだ。その恩を考えると無下（むげ）にもできない。

加代はといえば、すっかり嫁いだ気分で、富之助の母から嬉々として富之助の好物の作り方を習っている。

その様子を面白そうに眺める慎三に、富之助は訊いた。

「間宮たちは、これで引き下がるでしょうか？」

「一見は百聞（ひゃくぶん）に如（し）かず。人は自分で見たものを信じるもんさ。そういう意味では、十あった疑いが九は減ったとは思うが、残りの一が問題だ。文さんによると、沖島からの帰りの船中で、間宮たちは船倉に忍び込み、木材の中心に穿った穴について問い質したらしい。連中が疑いを持っていることは確かだ。とにかく、間宮たちが浜野藩を出るまでは、俺たちもここに残るさ」

富之助は頭を下げた。

「ありがとうございます。今回持ち込んだ木材を売れば、桔梗屋さんをはじめとする借入先への借財は完済できますし、藩もかなりの貯えができます。これで治長様が殿を説得できれば浜野藩は助かります」

「だったら、これを最後に、この商いからはすっぱり足を洗うんだな」

「はい。これで領民たちが助かれば、私の役目は終わりです。もとのしがない廻船問屋に戻ります」

翌日、買い物がてら街に出た加代は、渇いた喉を潤そうと、茶屋に入った。

その日は朝から暑かった。

日傘で陰になった場所に座り、茶を飲んでいると、武士の奥方らしい格好の美しい女がやって来た。

「すみません、日陰に座りたいのだけど、場所が少なくて。隣にお邪魔してもよろしいでしょうか?」

別に断る理由もない。加代が頷くと、奥方は礼を言いながら腰を下ろし、茶と団子を注文した。

団子が来ると、奥方は皿を加代のほうに差し出した。

「おひとついかが? ここのお団子は美味しいのよ」

「あ、どうも……」

断っても悪いと思った加代は、団子の串を摑み、口に運んだ。

「美味しい……」

「でしょう?」と笑いながら、奥方は訊いた。「あなた、あまり見かけないけど、浜野の人ではなさそうね?」

煩わしくはあったが、団子を馳走になったこともあり、加代は「ええ」と頷いた。「大坂から来ました」

「大坂? このような田舎にどうして?」

「許嫁が……、こちらにいるもので」

ぽっと頰を染める加代を見て、奥方は「ああ」という顔をした。

「もしかして浅田屋さんの？」

「ご存じなのですか？」

「ここは小さな田舎町。この手の話はあっという間に広がるわ」

加代は目を見開いて「本当ですか？」と言うと、次の瞬間には顔を伏せた。

「恥ずかしい。外もろくろく歩けないわ」

奥方は笑った。

「気にすることないわ。みんな暇なだけ。他の話題ができれば忘れてしまうわよ」

「そうだと、いいのですが……」

「でも、あなたも心配ね」

奥方は微かに顔を曇らせた。

「え？」

「浅田屋のご当主……、確か富之助さんでしたっけ？　大変でしょう？　みな、同情しているわ」

加代は眉をひそめた。

「どういう、ことですか？」

奥方は顔を寄せた。

「騙されているんじゃない？」

「え？」

「気を付けたほうがいいわ」

「誰に、ですか？」

「国家老の岡本様よ。お殿様が江戸で使う金の工面を浅田屋に押し付けていると、もっぱらの噂よ」

「そんな馬鹿な……」

「岡本様は、百姓たちを苦しめる年貢の増徴はしないと公言する一方で、幼いころから兄弟同然に育った浅田屋の富之助さんに裏の取引を強いて、稼いだ金を貢がせているとか」

「それは嘘です」

加代は必死で抗弁したが、藩の実情を詳しく知っているわけでもなく、その声に迫力はなかった。

奥方は茶を一口喫し、加代を横目で見た。

「そうだと良いけれど、うちの主人はご公儀の隠密による探索を気にしていたわ」

加代の顔から徐々に血が引いていった。誰にかはわからないが、富之助が狙われていたことは確かだ。だから慎三たちが浜野にまでやってきたのだ。

「なかには、浅田屋は異国との取引をしていると言う者までいるらしいの。こんなことがご公儀の知るところとなったら、富之助さんはただでは済まないわ」

茶碗を持つ加代の手が震える。

その手をそっと握った奥方の目が妖艶に光った。

「心配よね……」

加代は俯いたまま黙っていたが、やがて口を開いた。

「どう……、すれば良いのでしょう？」

初めて会った奥方にこのようなことを訊くなど、どうかしている。それは良くわかっている。だが、加代は自分を止めることができない。

その問いに、奥方は端整な顔を引き締め、加代を見つめた。

「岡本様を失脚させるしかないでしょうね」

「え？」

「富之助さんは岡本様のことを兄と慕っている。岡本様がいる限り、その呪縛からは解き放たれないわ」

「そんな……」

奥方は続けた。

「私の名は久。主人は郡方筆頭、加納周明。江戸家老、陣内様の派閥の重鎮よ。富之助さんを助けたいのなら力になるわ」

「でも、どうすれば……」

「岡本様から命じられた〈裏の取引〉の証拠となるものを渡してくれれば、あとは主人がなんとかするわ」

「裏の取引の証拠……？」

「帳簿でも証文でも書付でも、なんでもいいわ。こっそり帳場から持ち出せれば、それがどの程度の役に立つかは主人が判断します。その気があるなら、二日後の同じ時間にここで会いましょう」

「でも……」

久は優しく微笑んだ。

「無理にとは言わないわ。やりたくなければそれでもいいのよ。でも、それで富之助さんが酷い目に遭ったとしたら、あなたは一生自分を責め続けることになるでしょうね」

それだけ言うと、久は加代の分まで金を払い、腰を上げた。

「二日後、楽しみにしているわ」

三　葉月十五日　浜野藩

加代が浅田屋に戻り、勝手口から入ると、居合わせた女中が、富之助は入れ違いで港に行ったと告げた。浜野藩内の江田（えだ）の港まで船で荷を届けに行き、帰りは三日後になるとのことだった。

奥の客間を覗くと、慎三たちは何やら打ち合わせをしている。お咲が気付き、「加代さん」と声をかけてきたが、加代は軽く頭を下げ、その場を立ち去った。

――この人たちも富之助さんを騙しているの……？

だとすると、父の庄右衛門に岩田屋の船を融通してもらったのは何のためだったのだろう？　慎三に、富之助を救うためにはどうしても必要だと言われたから必死で説得したのに……。

思いつめた加代は、屋敷と廊下で繋がっている店に行き、帳場に顔を出した。算盤を弾いていた番頭の久蔵が振り向いた。

「おや、加代様。このようなところに何の御用ですか?」

「いえ……、私も店の中くらいは詳しくなっておきたいと思いまして……」

「ああ、そういうことですか」

加代は店の中を見回しながら訊いた。

「意外と小さいのですね」

「岩田屋さんとは比べものになりませんよ」

「すみませんが、店にはほとんど足を踏み入れたことがないので、よくわかりません」

「天下の岩田屋のお嬢様なのですから、当然ですよ」

「お恥ずかしいかぎりです」

そう言いながらも、加代の視線は帳場の引き出しや棚に向いている。

不審に思った久蔵は「お探し物でも?」と訊いた。

加代は慌てて手を振った。

「邪魔をしてごめんなさい。ここが久蔵さんの持ち場だということは承知しています。でも、小さなお店ですし、久蔵さんも船に乗るときがあるのですから、私も帳付けくらいはできるようにならないと」

久蔵は大きく頷いた。

「さすがは富之助さんが見初めたお方だ。その心意気、感服しました」

「いえ……」と恐縮しながらも、加代は訊いた。「ちなみに、取引の帳簿はどこにあるのですか？」

久蔵は自分の座っている机の後ろの棚を指した。

「この、鍵のかかる引き出しに入っています」

「鍵は誰が？」

「富之助さんと私が持っています」

「船に乗っているときも？」

久蔵は首を振った。

「さすがにそれはないでしょう。先代は航海中、帳場の鍵を居間の神棚の中に置かれていたようですが、富之助さんがどこに置かれているのかは存じませんね」

久蔵は富之助の父の代から番頭を務めており、富之助のことは子供のころから良く知っている。その許嫁ということで、つい口が緩んでしまった。

「そうなのですか」

加代は、その他にも店のことをいろいろ訊いた。久蔵が答えると、その一つ一つに大きく頷き返してくる。嬉しくなった久蔵は、口にできない異国との取引以外のことは、包み隠さずに話した。そうやって四半刻(しはんとき)も話した末、加代はようやく奥に引っ込んだ。

その日、深夜に床(とこ)から起き上がった加代は、用意していた手燭を持って居間の神棚の前に立つと、背伸びして手を伸ばした。神棚の中を探る。だが、何も手に触れなかった。

――ここではないのか……。

もう一度、思い切り背伸びして、手をぐっと伸ばした時、何か冷たいものが手に当たった。鍵だ。富之助は父に倣(なら)い、海に出るときは帳場の棚の鍵を神棚に置いていたのだ。

鍵を握りしめた加代は帳場に向かい、久蔵が座っていた机の後ろの引き出しを開けた。手燭を近づけると、中には様々な書類や書付が入っていることがわかったが、そのなかに、加代の目を引くものがあった。木材の代金の受取証のようだが、紙の質、様式、漢字の書き方等、どれをとっても日本のものとは異なっている。決定的に違うのは印だった。細長い四角の珍しいもので、日本では見たことがない。

――これは、異国のもの……？

富之助は、浅田屋が抜け荷をしているとの根も葉もない疑いを持たれているが、事実ではないので心配しないようにと言っていた。岩田屋の船を融通して欲しいと頼まれたときも、五島列島の福江島に行くとしか聞いていない。だが、この受取証の見慣れない漢字を拾い読みした限り、木材は異国から仕入れたとしか思えない。

――久さんの言っていたことは本当だったの……？

加代は迷った。果たして、この受取証を久に渡して良いものだろうか？　もしかすると、取り返しのつかない事態を招いてしまうのではないだろうか？

だが、次の瞬間、「富之助さんが酷い目に遭ったら、あなたは一生、自分を責め続けることになるでしょうね」という久の言葉が脳裏で蘇った。

――どうしたらいいの……。

受取証を手に握ったまま動けない加代は、散々迷った挙句、それを着物の衿元に差し込み、引き出しを閉めた。

一日悩みに悩み、約束の二日後になった。

加代は口実を作って店を出て、高鳴る心の臓を押さえながら茶屋に急いだ。

店の外の台に人は誰も座っていなかった。

――あの言葉は嘘だったのか……。

なぜかほっとして引き返そうとした時、後ろからそっと肩を叩かれた。

びくっと身を震わせて振り返ると、そこには久が立っていた。

「やっぱり来たわね」

「……」

「外では目立つわ。中に入りましょう」

久は店の中に入り、奥の席に座った。

ここまで来たものの、急に引き返したくなった加代は、顔を強張(こわば)らせたまま立ち竦(すく)んでいる。

「そう硬くならず、お座りなさいな」

促されて腰を下ろした加代は、出された茶にも手を付けず、俯(うつむ)いたままだ。

「どうだった？」

もう引き返せない。覚悟を決めた加代は、着物の衿元に手を差し込み、和紙にくるまれた書状を出した。

「これは？」

「異国との商いの、代金の受取証ではないかと……」

久は中を検（あらた）めたが、意味まではわからない。

「いいわ。使えるかどうかは主人に判断してもらいます」

加代は久の手を握りしめ、必死の形相（ぎょうそう）でその顔を見た。

「本当に富之助さんを助けてくれるのですよね？」

久はその手を優しく撫（な）でた。

「もちろんよ。心配しないで。岡本様さえ失脚すれば、富之助さんはもう危ない商売を続けなくても済むわ」

加代が頷くと、久は訊いた。

「あなたはいつまで浜野に？」

「許嫁とはいえ、あまり長居をするわけにもいきません。三日の後には大坂に向けて発（た）つことになるかと」

「では、それまでに必ず連絡します。家の女中に文を届けさせますので、ここで会いましょう」

「わかりました……」

心細げに俯く加代の肩を「大丈夫」と叩くと、久は加代の頬に自分の頬を寄せ、囁いた。

「富之助さんに対するあなたの想いは無駄にはしないわ」

店を出た久、いや、お凜が笑みを浮かべて歩いていると、見知らぬ町人がどんとぶつかってきた。思わずよろめいたお凜は町人をきっと見つめた。

「なんですか、あなた！」

「これはとんだ失礼を」と、商人らしい町人は平身低頭して謝った。「考え事をしながら歩いていまして、前をよく見ておりませんでした」

だが、奥方になりきったお凜の怒りは収まらない。

「武士の妻にぶつかるとは何事ですか。ここに主人が居合わせたら、即刻斬り捨てるところですよ！」

居丈高に叱責するお凜に、道行く人々が驚いて立ち止まった。

恐縮しきった町人は、慌てて袖から出した金子（きんす）を紙に包み、拝むように差し出した。

「大切なお着物を汚してしまいました。これでご勘弁いただけませんか？」

「別に、金子など……」

「それではこちらの気が済みませぬ。何卒（なにとぞ）お受け取り下さい」

既に多くの人の目がこちらを向いている。あまり目立つのはまずい。

お凜は、差し出された金を押し戻した。

「いわれのないものを受け取るわけにはいきません。以後、気をつけなさい」

「しかし……」

追いすがる町人を残し、お凜はさっさとその場を立ち去った。

背中越しに、町人たちの囁き声が聞こえた。

「さすがは武家の奥方だ。金子を受け取らなかったよ」と言う者がいれば、「痩せ我慢じゃないのかい？」と言う者もいる。

――好き放題言ってな……。

お凜は周囲の声を聞き流しながら、ふと心配になって着物の衿元に手をやった。大丈夫。加代から受け取った書類はちゃんとある。

隠れ家に戻ると、林蔵、風坊、佐之助が待っていた。

「首尾はどうだった？」と訊く風坊に、お凜は余裕の笑みを浮かべた。

「訊くだけ野暮ってもんさ。あたいを誰だと思っているんだい？」

「ほう、大きく出たな」

「船で変な島に連れて行かれたまぬけと一緒にしないでほしいね」

むすっとした風坊は、お凜が着物の衿元から抜いて差し出した包みを受け取り、林蔵に渡した。

「どうです？　異国との取引の金子の受取証さ。動かぬ証拠でしょう？」

一読して顔を上げた林蔵は、小さく首を振った。

「話にならん」

「え？」

「おまえ、加代とかいう女と別れて、真っ直ぐここに来たのか？」

「そうですが……」

「それまでの間に、誰かに会わなかったか？」

「そういや、町人にぶつかったけど、それだけです」

「ほう……」

林蔵は、その書付をお凜の目の前にかざした。

「読んでみろ」

何を言われているのかわからず、眉をひそめてそれを見たお凜の顔色が変わった。なんと、そこに記されていたのは日々の海産物の在庫の動きだった。

「これのどこが異国との取引の証拠なのだ？」

「なんなの、これ！」お凜は目を瞬かせた。「あたいが受け取ったものと違う」

佐之助がお凜に言った。

「おまえにぶつかった町人が書付を入れ替えたのであろう。相当の凄腕だ」

「でも、外の包みは全く同じだよ。どうやって中身だけ入れ替えたのさ？」

林蔵が訊いた。

「茶店の女は二日前と同じだったか？」

「そういや、今日の女は少し若かったような……」

「どうやら、加代とかいう女は見張られていたらしいな。おまえの企みは見透かされていたというわけだ」

「誰がそんなことを？」

「江戸と大坂で我々を邪魔した連中以外には考えられんな」

「何のために？」

林蔵はそれには答えず、腕を組んで考え込んだ。

風坊も佐之助も口を閉じ、隠れ家の中を沈黙が覆った。

――なんだい、急に黙り込んで……。

お凜が苛々してきた頃、林蔵はようやく口を開けた。

「江戸に引き揚げよう」

お凜は目を剝いた。

「なんですって？」

「証拠がないでは上にはあげられぬ」

「そんな。証拠ならあたいがこの目で見たんだ。なんなら、もう一度、加代って女に持ち出させますよ」

「何度やっても同じことだ」

「だったら、そっくりのものを作っちまえばいいじゃないですか」

「馬鹿を言うな。我らは公儀普請役。そのようなことはできぬ」

お凜は思わず声を荒らげた。

「林蔵様は頭が固すぎます。だから、いつまで経っても卯建が上がらないんだ」

風坊が怒鳴った。

「無礼なことを言うな！」

「だって、こんなことじゃ、あたいらはいつまでたってもこのままだよ。それでもいいのかい？」

真っ赤になって反論するお凜に、佐之助が落ち着いた声で語りかけた。

「実は、この二日、我らは浜野藩の中をくまなく回ってみたのだ」

「え？」

「国境からこの城下町に来るまでに見た光景が、そのまま、領内の各所で繰り広げられていた。数年前の飢饉の傷跡がいたるところに残り、灌漑は荒廃し、水争いは日常茶飯事。だが、たとえ水を引いたところで、あの痩せた土地でできる作物はわずかなものだ。これで年貢を上げたら、百姓は確実に飢える」

「そんなに、ひどいのかい……」お凜は憮然とした表情で言った。

林蔵が続けた。

「だが、藩の重役たちは、江戸で浪費を続ける主君に尻尾を振ることしかできず、金が足りなければ年貢を増やし、百姓から搾り取ればいいとしか考えていない」

「まったく、下衆(げす)な連中だぜ」と風坊が吐き捨てた。

「そのなかで唯一(ゆいいつ)、体を張って年貢の増徴を防ごうとしているのが国家老の岡本治長。そしてそれを支えているのが浅田屋の富之助。もしもこの二人がいなくなれば、浜野の百姓たちは大勢死ぬだろう」

「だから手心を加えるっていうのですか?」

林蔵は首を振った。

「そうではない。我らは公儀普請役。抜け荷の証拠を掴んだ場合は、たとえ百姓がどうなろうと容赦(ようしゃ)はできない。だが、今のところ証拠はない」

「家老の岡本が妙な連中を雇っているからでしょう?」

「そして、その連中は手強(てごわ)い。もしも〈沖島〉で見たことがすべて嘘だったとしたら、連中は島ごと替え玉を作ったことになる。そこまでする相手だ。ここでどのように粘ろうと、異国との取引の尻尾を掴ませてはくれないだろう」

「諦めるってことですか?」

「というより、正直、時間が惜しい。我々が目を付けているのは浜野藩だけではない。ここで無駄に時間を費やすより、もっと容易(たやす)く付け入ることのできる他藩を攻めるほうが得策だ」

お凛は溜息をついた。

「なんだかんだ言って、本当は、林蔵様が百姓の出だからでしょう？　だから百姓を見殺しにできないんだ」

林蔵は静かに頷いた。

「所詮、百姓の生き死には武士次第。藩を預かる武士に器量がなければ百姓は飢える。浜野藩はその典型的な例だ」

それはお凛も良くわかっている。お凛自身が百姓の出だからだ。口減らしのために売られ、女郎屋から逃げ出したところを、蝦夷から江戸に向かう道中の林蔵に拾われた。だから、これ以上は反論しない。

気まずい空気を察した風坊は、いきなり声を上げた。

「なんだか、無性に腹が減った。そろそろ飯にしようぜ」

その時、佐之助が音もなく立ち上がった。

「どこへ行く？」

佐之助はふっと笑った。

「浜野を去ることは承知した。だが、その前にやることがある」

ならぬ」

「やめておけ」と林蔵が声を上げた。「そのようなことをしても、一文の得にも

佐之助はそれに答えず、ふらりと小屋を出て行った。

四．葉月十七日　浜野藩

その夜、浅田屋の一室では、慎三、文七、辰吉、新之丞、お咲が取り囲むなか、異国との取引の受取証を前にした富之助が蒼白になっていた。

「まさか、加代さんが……」

慎三と文七が沖島に行っている間、残ったお咲と辰吉、新之丞、庄治の四人は佐之助とお凜の動きを監視していた。武家の奥方に変装したお凜が近づいてきた時も、加代が異国との取引の受取証を浅田屋から持ち出した時も、辰吉とお咲は加代を見張っていたのだ。

加代が異国との取引の受取証をお凜に渡したとき、女中に変装したお咲は、町人姿の辰吉に合図を送った。そして、辰吉はわざとお凜にぶつかり、受取証を海産物の在庫記録とすり替えたのだ。

言葉も出ない富之助に、辰吉が言った。

「あんたのことを思ってやったことだ。加代さんを責めちゃいけねえよ」

「しかし……」

「あたしが加代さんだったとしても、同じ事をすると思います」と、お咲も加代を庇った。

だが、富之助の顔に血の気はなかなか戻ってこない。鍵をかけていたとはいえ、異国との取引の受取証を帳場の引き出しに入れておいたのは自分の失態だ。

慎三が訊いた。

「そもそも、なんでそんなものを帳場に置いていたんだ？」

「裏の商いとはいえ、帳付けはしなければなりませんので……」

「異国との取引を、ですか？」と文七。

「他藩から買ったものとして記帳していますので、見てもわかりません。記帳が終わったら受取証はすぐに燃やすつもりだったのですが、忙しくて、つい後回しになってしまいました」

「今回は大事に至らなかったものの、そういう小さな気の緩みがとんでもない事態を招きます。気をつけてください」

富之助は文七に頭を下げた。

「申し訳ありません」

慎三はゆっくりと顎を撫でた。

「問題はお加代さんだな。早く大坂に戻したいが、連中からの連絡があるまで、ここを動こうとしないだろう」

「そうですね」と文七が頷いた。「かといって、騙されたことを知ったら深く傷つくでしょう」

少し考えた慎三は、お咲に視線を移した。

察しのいいお咲はすぐに頷いた。

「武家の奥方に化けるのですね?」

辰吉が膝を叩いた。

「受取証は役に立たなかったと言って、加代さんに突っ返すのか?」

慎三は頷いた。

「加代さんはそれを帳場に戻すだろう。それで何もなかったことになる」

「しかし、加代さんは、富之助さんが岡本様に騙されていると思っている。その疑いは晴れないぜ」

項垂れていた富之助は顔を上げ、慎三たちに向き直った。

「明日、加代さんを誘い、領内を見せて回ります。頭の良い加代さんのことです。疲弊した領民の様子を知れば、私が自らの意思で浜野藩をなんとかしようとしていることがわかって貰えると思います」

その時、襖が音もなく開くと、庄治が首を覗かせ、新之丞に何やら囁いた。

それまで黙って慎三たちの話を聞いていた新之丞は、音もなく立ち上がった。

「どこに行くんだ?」と辰吉が訊いた。

「外の風に当たってくる」

「本当か?」

「おぬしらの話に拙者は必要ないであろう。決まったことがあれば後で聞く」

「おい!」

辰吉の声を振り切り、新之丞は部屋を出ていった。

「しょうがねえな……」と呟いた慎三は、そっと庄治に目配せした。

庄治は黙って頷き、襖を閉めた。

浅田屋から少し離れた路地にその男は立っていた。

満月の下、新之丞はにやりと笑った。

「とうとうそちらからやって来たか」

その男、佐之助はゆっくりと頷いた。

「明日、ここを発つことになった」

「それは良い心掛けだ。我々がいるかぎり、お前たちの欲しいものは手には入らぬ。ここで時間を潰すのは無駄というもの」

――こいつ、林蔵と同じことを言う……。

苦笑した佐之助は、鯉口に手をかけ、すらりと抜いた。

「雇い主が決めたことには逆らえぬが、武士には武士の意地がある。ここを去る前に、おぬしと決着を付けたい」

刀を抜きながら、新之丞は訊いた。

「貴殿、名は？」

「奥州真崎藩浪人、豊島佐之助。おぬしは？」

「北陸前野藩浪人、久坂新之丞。果たし合いを受けるのはやぶさかではないが、あまり意味のあることとは思えぬな」

「問答無用！」

言うが早いか、佐之助はどんと踏み込んで来た。電光石火の突きだ。動きを見切った新之丞は胸すれすれのところでそれを躱す。刀の掠った着物の衿が千切れて飛んだ。

「ほう、躱したか……」

すぐに次の斬撃が来る。新之丞はそれを刀の鎺近くで受け止めた。火花が散り、ガンッという鋼の音が路地に響く。叩き付けた刀をぐっと押す佐之助。必死で耐える新之丞だが、ぐいぐいと押し込まれていく。

――くそ……。

渾身の力で押し返した新之丞は、その勢いのまま胴を薙いだ。佐之助は即座に身を引いて躱したが、一瞬、体の均衡が崩れた。それを見逃さず、新之丞は刀を切り返し、袈裟懸けに振り下ろした。切っ先が肩を掠る。佐之助の着物に血が滲んだ。

にやりと笑った佐之助は距離を取り、正眼に構えた。そして、動きを止めた。打ち込んでは来ないが、新之丞が打ち込む隙もない。

切っ先をゆらゆらと揺らしながら、佐之助は言った。

「前野藩は加賀藩の支藩である大聖寺藩のさらに支藩。すなわち、加賀藩からみれば孫藩にあたるらしいな。そして、そこでは〈神武流〉という流派が盛んと聞いた」

「それがどうした？」

「おぬしの太刀筋がそれだ」

「なぜ、そう言える？」

「以前、用心棒稼業をしていたとき、仲間におぬしと同じ剣筋の男がいた」

「その男の名は？」

「木崎俊平。顎に痣がある男だ」

「ほう……」

顔にこそ出さなかったが、新之丞の心は激しく動揺した。木崎俊平。ここ数年、その名を思い出さなかった日はない。忘れもしない父の仇の名だ。

佐之助は新之丞の微かな心の揺らぎを見逃さなかった。すかさず八双に構えると跳躍し、袈裟懸けに撃ち込んできた。新之丞の最も警戒していた一撃だ。真正面から受け止めた刀が押し込められ、切っ先が新之丞の肩を抉る寸前、飛んできた礫が佐之助の刀身に当たり、軌道がずれた。新之丞は咄嗟に身を躱し、そのまま刀を突き出した。

――……！

斬られたと思った佐之助は目を閉じた。しかし、激痛もなく、血も噴き出さない。おずおずと目を開けると、なんと、月光の下で鈍く光る新之丞の刀は、腹にめり込む直前で止まっていた。

佐之助の額から脂汗が滴り落ちる。

新之丞はすっと刀を引き、鞘に納めた。

「なぜ斬らぬ？」と佐之助が訊いた。

「斬る理由がない」

「だが、拙者はおぬしを斬ろうとしたぞ」

「それはどうかな？」

佐之助は黙って新之丞を睨んだ。

新之丞が訊いた。

「木崎俊平は今、どこにいる？」

「……知らぬ」

「仲間だったのではないのか？」

「奴はすぐに用心棒仲間を抜けた」

「なぜだ？」

「体を壊したのだ。嫌な咳をしていた。長くはないかもしれぬ」

「木崎は江戸にいるということか」

「当時は、な。今は知らぬが、あの体では遠くへは行けまい」

「そうか……」

佐之助は深く息を吐くと、自らも刀を納めた。

「おぬしとはこれまでだ。今後、江戸で会っても見知らぬ仲。良いな？」

「承知した」

新之丞が頷くと、佐之助は身を翻して歩き出し、やがて闇に消えていった。

その姿が完全に見えなくなったところで、新之丞は声を上げた。

「庄治、出て来い」

手に礫を握りしめた庄治が路地の脇から姿を現した。

「ばれていましたか？」

「あたりまえだ」新之丞は苦笑した。「慎三に言われたのか？」

庄治はこくりと頷いた。

「でも、あっしは必要なかったようですね」

「そのようなことはない。おまえの礫がなければ斬られていた」

「そうでしょうか……？」

「違うというのか？」

「これまでの経験から、あいつはあっしがどこかに潜んでいることを知っていたはずです」

「百発百中の礫が飛んでくることを承知していたというのか？」

「ええ。それが体に当たっても刀に当たっても剣先は狂う。あいつはそれを計算に入れて撃ち込んできた」

「最初から拙者を斬る気はなかったということか？」

「はい」

庄治は時折妙なことを言う。考えての発言ではなく、感じたことを口にするだけなのだが、なぜか当たっている。

「……よく見ていたな」

庄治は嬉しそうに微笑んだ。

「あいつ、自分たちがここを去ることを、わざわざ教えにきてくれたのですね」

「どうやらそうらしいな」

「それに、生きているか死んでいるのかもわからない仇のことを追い続けるのは止めろと、新之丞さんに忠告してくれました」

「そういうことになるのかな……」

「たったそれだけのことを伝えるのに、あれほどの剣戟が必要とは、お武家様とは因果な生き物ですね」

新之丞は苦笑した。

「おぬしの言う通り、武士とは本当に面倒な生きものだ」

間宮たちが浜野を発つとの知らせを新之丞から受けた慎三たちは、彼らの動向を見つつ、江戸へ戻る支度を始めた。

その間、久に変装したお咲は加代を茶屋に呼び出し、受取証は異国のものではなく、全く役に立たなかったと言って突き返した。それを聞いた加代は、落胆すべきなのか安堵すべきなのか、複雑な気持ちを抱えて浅田屋に持ち帰り、番頭の久蔵の目を盗んで、元の引き出しに戻した。だが、一時的とはいえ、受取証が紛失したのは事実だ。もしかすると疑われるかもしれないという不安でそわそわしていた矢先、富之助に呼ばれた。覚悟して部屋に行くと、意外にも、「将来のために、領内を見て回りませんか」という誘いだった。驚いた加代だったが、次の瞬間には「是非、行きたいです」と答えた。

翌朝早く、二人は浅田屋を出て内陸に向かった。そこで加代は、林蔵たちが見たのと全く同じ光景を目にした。

「どうして藩はこのような状況を放置しているのですか？」と訊く加代に、富之助は、治長と自分が直面している問題を丁寧に説明した。

「では、あなたが岡本様に騙されているという噂は……」

「根も葉もないものです。殿をお諫めして腹を切ると申された御家老様をお止めし、新しい商いを申し入れたのは私のほうです」

「異国との……、ですか？」

富之助は懐から受取証を出した。

「このことを仰っているのですか？」

加代の顔色が変わった。

「なぜ、それを？」

「あなたがこれを持ち出したことはわかっています」

「……」

「いいのです」

「私……あの……」

「私のことを思ってやってくれたことでしょう？　怒ってはいません。それに、これは、数年前の私が漂流して辿り着いた、琉球に近い島のものです。異国のものではありません」

「そうなのですか？」

「ですから、要らぬ心配はしないで、安心して大坂にお帰り下さい」

加代は不安げに訊いた。

「私を……嫌いにはなりませんか？」

富之助は首を振った。

「そんなことはありませんよ。この件が落ち着いたら、祝言の日取りを決めに、私のほうから岩田屋さんに伺います」

加代の顔が輝いた。

「本当ですか？」

「本当です。ですから、大坂で待っていてください」

翌十九日、見張り役の庄治から間宮たちが出立したとの報告をうけた慎三は、自らも撤収の準備を終え、お忍びで別れを言いに来た治長と向かい合った。

治長は深々と頭を垂れた。

「この度は心より御礼を申し上げる。新たな資金を得つつ、同時に間宮たちの追及を躱すという策、感服いたしした。これで藩の借財は完済の目途が立った。このうえは、来月にでも江戸に上り、殿と直々に話をいたす所存じゃ」

「果たして、お殿様は素直に話を聞いてくださいますかな？」

訝し気に訊く慎三に、治長は複雑な表情で言った。

「実は昨夜、江戸屋敷からの知らせを受けた。老中首座へ昇格するのは我が殿ではなく、水谷様に内定したようなのだ」

「なんと。あれだけ金を使ってですか？」

治長は苦々しく頷いた。

「まさに江戸城内は権謀術策の世界。我らのような田舎の小藩の財力では、とうてい太刀打ちができぬ」

「なるほど。これで殿様も目がお覚めになったはず。良い潮時ですな」

「その通りじゃ。この機を逃さず、拙者は江戸に行き、今後は国元に目を向けて下さるよう殿を説得いたす」

「それは良いお考え。浜野藩のためにも、是非、そうなさいませ」

だが、治長の脇に控える富之助は、依然、釈然としない面持ちのままだ。

「どうなさいました？」と慎三が訊いた。

富之助は重々しく口を開いた。

「慎三さんたちのおかげで探索方の追及は免れましたが、私が国禁を犯したことは確か。複雑な気持ちは変わりません」

文七が、富之助の気持ちを解きほぐすように言った。

「富之助さんは一貫して『蘭島は異国ではない』と主張してきたではありませんか。実のところ、私は今でも、あの島が異国であったのかどうかがわからない。日の本と清国の狭間にあるあの島は、あるいはどちらにも属していないのかもしれません」

「どういうことだい？」と慎三が訊いた。

「日の本でも異国でもないということです」

慎三は笑った。

「複雑だな」

「あるいは、時代によって日の本に属したり、属さなかったり……」

「ますますわからん」

「それで良いのではありませんか？　幸い、あの島は富之助さんしか知りません

し、何より、この商いのおかげで多く領民の命が救われたのです」

「それは確かじゃ」と治長も頷いた。「だが、この商いは今回限りとせよ。明日

からは従来の商いに戻るのじゃ」

富之助は力なく頷いた。

「どうした？」と治長が訊いた。「不満か？」

富之助は首を振った。

「とんでもございません。ただ……」

「ただ、なんじゃ？」

「呂宋やジャガタラには南蛮からたくさんの船が来ていると聞きます。そこで日

本の織物や染め物、刀剣、海産物などを売り、異国の品を仕入れて持ち帰れば、

それらの品はこの国の人々の暮らしを変えるでしょう。異国の薬で治らない病が

治り、異国の灯りを使えば夜はもっと明るくなるかもしれない。生活はもっと便

利になります。そう思うと、それができない自分が悔しくなります」

治長が眉をひそめ、「そこまでにせよ」とぴしゃりと言った。

富之助は慌てて頭を下げた。

「申し訳ありません。このようなことを口にしてはならぬことは承知しています。しかし、船乗りなら誰もが一度は抱く夢です」

「気持ちはわかるが、今はまだその時じゃありません」と慎三がたしなめた。

「はあ……」

「だが、富之助さんの子、いや孫の代には世の中も変わっているかもしれません。夢は、いずれ若い者が継いでくれるでしょう」

富之助は頷いた。

「そうですね……」

慎三は膝を回して治長に向き直り、頭を下げた。

「では、我々は江戸に戻ります。桔梗屋さんには、近々浜野藩から残金の返済があると伝えておきます」

治長は満足そうに頷いた。

「大儀(たいぎ)であった。惣兵衛殿にはくれぐれも宜しく伝えてくれ」

葉月二十日。浜野を発った林蔵たちは広島藩へ抜ける石見街道を進んでいた。

街道の周囲は古木が多く、高く生い茂る葉によって日陰にはなっているが、時折、葉の間からは夏の日差しが降り注ぐ。

――暑い……。

今日は朝からことのほか気温が高く、一行は汗にまみれている。そのうえ、道は次第に険しくなってきた。

先頭を歩く林蔵は続く三人を振り返り、声を上げた。

「ここを抜けたら広島藩じゃ。それまで気を抜くでないぞ」

林蔵が言うまでもなく、諸藩は幕府の隠密を厳しく警戒している。浜野藩に入るときの取り調べは拍子抜けするほど緩いものだったが、出るときもそうとは限らない。まして、林蔵たちのことは浅田屋の富之助を通じて国家老の岡本治長に伝わっているはず。油断は禁物だ。

途中、何人かの旅人とすれ違った。商人に扮した林蔵は、その都度、慇懃に頭を下げたが、何度目かにすれ違った旅人を見て、おやっという顔をした。

「どうかしましたか?」と風坊が訊いた。

林蔵は首を捻った。

「あの行商人、どこかで会ったような気がする」

「浜野の者でしょうか？」

「いや、そうではない」

「他人のそら似でしょう？」と、額を汗で光らせたお凜がからかった。「こんなところで、どこの知り合いに出くわすっていうんですか？」

林蔵は暫く考えていたが、やがて「お凜の言うとおりかもしれないな」と言いながら足を進めた。

五．葉月二十三日　浜野

浜野の城下町を流れる紀野川のほとりに〈菅乃屋〉という小さな待合がある。

その一室で、ひと組の男女が閨を共にしていた。

事が終わると、男は諸肌脱ぎの上半身に汗を滲ませながら起き上がり、煙管に火を点けた。

同じく体を起こした女も、白粉と汗の混じった甘い匂いを漂わせながら男にしなだれかかった。

「見かけによらず強いのね」

「あたりまえだ。日々、鍛錬しておるからな」

男は腕を上げて叩いてみせた。だが、筋肉のほとんど付いていない腕は、それだけで折れそうに細い。刀を持ち上げられるかどうかも怪しいものだ。

「すごい」

女がわざとらしく目を見開くと、男は「はは」と破顔した。笑うと前歯の抜けた間抜けな顔になる。興ざめするようなその笑顔を見ながら、「そろそろか」と思った女は、そっと襦袢（じゅばん）を羽織（はお）り、立ち上がった。

それを見計らったかのように、すっと襖が開いた。

――……？

男が声を出す間もなく、一人の屈強（くっきょう）な武士が部屋に入ってくると、いきなり刀を抜き、喉元に突きつけた。

「浜野藩勘定方筆頭、尾形伸助（おがたしんすけ）殿ですな？」

凄みのある声。そして見たことのない顔だ。

「……」

「昼間から待合で逢い引きとは、良いご身分ですな」

「おぬしには……関係なかろう」

「そうもゆきませぬな。生憎、その女は我が妻ですので」

「なに？」

尾形の顔から血が引いた。

「妻を寝取られて、黙ってはおられません」

「ちょ、ちょっと待ってくれ。もとはと言えばこの女が……」

「女？」武士は尾形を睨んだ。「妻を女扱いですか？」

武家の妻とはほど遠い女を見ながら、男は首を振った。

「い、いや……」

「おまえ様」と、女が武士に寄り添った。「この男が強引に誘ってきたのです。私にその気はなかったのに」

「嘘を言うな！」尾形は必死で抗弁した。「誘ってきたのはお前のほうではないか」

「なんですって？」

女はきっと尾形を睨みつけ、武士の背後に隠れた。

武士は刀を持つ腕を伸ばし、尾形の首筋に切っ先を押し付けた。

「これから貴殿の上役に会いに参りましょう」

尾形のこめかみがぴくぴくと痙攣した。

「それだけは勘弁してくれ。金なら払う」

武士は首を振った。

「金で解決できることではありませんな」

「では、どうすれば許してくれる？」

武士は暫く尾形の顔を睨んでいたが、やがて「では、こうしましょう」と言うと、刀を引き、鞘に納めた。「我々の言うことを聞いてくれるのであれば、考えましょう」

尾形は怯えた目で武士を見上げた。

「何をせよと言うのだ？」

武士は懐から書状を出し、尾形に渡した。

「この書状を貴殿から預かったことにしたい。その口裏を合わせていただきたいのです」

震える手で書状を開くと、そこには見たこともない文字が並んでいた。

意味がわからず目を上げると、武士は言った。

「朝鮮との取引に関する記録です」

――朝鮮……？

尾形は戸惑いの表情を浮かべた。

「これを何に使うというのだ？」

「浜野藩が行っている抜け荷の証拠にさせていただく」

尾形は目を剝いた。

「何を言われる？　我が藩が抜け荷を行っているなど、荒唐無稽な話。少なくとも、拙者は与り知らぬ」

「貴殿が知る、知らぬは問題ではござらん。既に調べはついています」

その時、尾形は、自分がとんでもない者を相手にしていることに気づいた。

――こやつ、幕府の隠密か……？

心臓が破裂しそうに高鳴る。

「まさか……おぬし……」

絞り出すような尾形の声に、武士はこくりと頷いた。

「拙者は大坂東町奉行所与力、神崎順平（かんざきじゅんぺい）」

「大坂東町奉行所……？」

「浜野藩が抜け荷で利益を得ているとの噂を聞き、その調べを行ってきた」

「なんですと？」

「だが、我々と並行して潜入していた別の探索方は、国家老の岡本治長にまんまと欺（あざむ）かれ、目的を果たせぬまま浜野藩を出た」

「別の探索方……？」

「我らの手柄を横取りしようとした連中のことじゃ」と、神崎はこれまでとは打って変わった高飛車（たかびしゃ）な口調で言った。「我らはその動きを追っていた」

尾形の頭は混乱した。浜野藩の抜け荷について、大坂東町奉行所と別の探索方が競い合って探りを入れていたということか？

困惑（こんわく）顔の尾形には構わず、神崎は話を続けた。

「結局、連中は抜け荷の証拠を手に入れることができなかった。馬鹿正直な奴らだ。証拠がなければ作ればよいものを」

——そういうことか……。

尾形は神崎の計画を理解した。大坂東町奉行所は、別の探索方を出し抜くため、偽の証拠を作ろうとしている。そして、その信憑性を高めるため、浜野藩のしかるべき者から提供されたという形を取りたいのだ。

――だが、なぜ選りによって儂なのじゃ？

そのことを口にすると、神崎は不気味に頬を緩めた。

「おぬしが江戸家老の陣内敏則に取り入っていることは調べがついている。陣内は国家老の岡本治長の宿敵。我々が抜け荷の件を追及すれば岡本は失脚。おぬしら陣内派にとって悪いことではなかろう」

尾形は首を振った。

「藩が抜け荷を行っていたとなれば、家老の切腹では事は収まらぬ。最悪、藩は取り潰しになるのではないか？」

「そこよ……」神崎は着物を着終わった女を別の部屋に退かせると、尾形の脇に腰を下ろした。「藩主の松野康時様はご老中。そのお国元である浜野藩を、そう簡単に取り潰せるとお思いか？」

尾形は暫し考えた。神崎の発言にも一理ある。幕府も、そこまで踏み込んだ処分はしないかもしれない。

「国家老の岡本様を処分すれば、浜野藩は助かると申されるのか？」

神崎は頷いた。

「今であればな。だが、事態を放置すれば異国との取引は拡大する。そうなれば、もはや国家老の切腹だけでは済まなくなるだろう」

尾形の背中を脂汗が流れた。確かに、最近の藩の財政の持ち直しには疑問な点が多い。藩お抱えの廻船問屋である浅田屋が、突然、巨額の運上金を収め始めたのもおかしい。材木の取引が好調と聞いているが、さほど質の良い木に恵まれているわけでもない浜野藩が材木の取引で潤っているというのも奇妙だ。だが、この件については国家老の岡本と勘定奉行の片倉覚兵衛が一切を取り仕切っており、勘定方筆頭の尾形でさえ内容を知らされていない。

尾形はおずおずと訊いた。

「拙者は何をすれば良いのだ？」

「大坂東町奉行、矢沢貞光様の派遣された捕吏（ほり）の一行は既に隣の広島藩で待機している。我らは、朝鮮との取引の記録を証拠に、まず浅田屋当主の富之助を捕らえ、次いで国家老の岡本治長に抜け荷の罪を問う」

「しかし、これは偽の書状。岡本様が認めるとは思えぬ」

「当然だ。それ故、おぬしには公儀への訴状を認（したた）めていただく」

「訴状……？」

「国家老の岡本を訴えるのじゃ。訴状の中で、貴殿は、朝鮮との取引に関する記録は勘定方の書庫に隠されてあったと証言する。勘定方筆頭の証言ともなれば、それを否定することはできまい」

「それで、拙者はどうなる？」

「国禁を犯した不届き者を訴え、ご公儀の調べに協力した者としてお構いなしとする」

「本当なのか？」

神崎は呆れたような顔で尾形を見た。

「自分の置かれた立場がわかっていないようだな。儂は、他藩に潜入中の身でありながら、貴殿に自分の身分を明かした。これがどういう意味かわかるであろう？」

「それは、おぬしが勝手に……」

女が隣の部屋から顔を覗かせ、退屈したように欠伸（あくび）をした。

「煮え切らないね。いっそ斬り捨てて、他をあたったらどうだい？」

尾形は、いきなり下卑（げび）た言葉遣いになった女に対して目を剝いた。

「おまえはいったい……」

「いきなり本性を現わすな」と神崎がたしなめると、女は神崎を睨み返した。

「この男はあんたの操り人形になったんだし、もう種明かしをしたっていいだろう?」

「まあ、そうだな……」と頷くと、神崎は尾形に向き直った。「この女、証拠の品を手に入れることができずに浜野を去った探索方の者で、お凜という。だが、一人残ってでも仕事を続けると言い張り、協力を申し出てきた」

「あんな腰抜けどもと一緒にいたんじゃ、いつまでたっても卯建が上がらないよ」と、お凜は吐き捨てた。「あんたもそうさ。やり方が手緩(てぬる)いよ。時間がないんだ。言うこと聞かないんなら、さっさと斬っちまいな」

神崎はにやりと笑うと、刀の柄(つか)に手をかけた。

「待ってくれ!」尾形は手を上げた。「わかった。言われたとおりにする。だが、お構いなしという約束だけは守ってくれ」

神崎は鷹揚(おうよう)に頷くと、柄から手を放した。

「今より貴殿は大坂東町奉行所の犬じゃ。そう心得よ」

蒼い顔で頷いた尾形は、言われるがまま、訴状を認めて神崎に渡した。

神崎は頰を緩めた。

——これで浜野藩は取り潰し。なに、造作のないことじゃ。たとえ藩主が老中であろうと、抜け荷の罪は免れられない。いや、松野康時と老中首座を争った水谷忠成が知れば、徹底的な追い落としを謀り、なんとしてでも浜野藩を取り潰すだろう。そして尾形も所詮は使い捨ての駒。藩と運命を共にして貰うだけだ。

そそくさと菅乃屋を後にする尾形の後ろ姿を二階から見下ろしながら、神崎は呟いた。

「馬鹿なやつ……」

第五章　契り(ちぎ)

一　葉月二十四日　浜野

夜五つの鐘が鳴ったころ、浅田屋の戸が叩かれた。

住み込みの丁稚(でっち)の健太(けんた)が戸を開けようとすると、挟んであったらしい書状が土間に落ちた。健太はそれを拾い上げ、富之助に渡した。

中に目を通した富之助は驚愕(きょうがく)し、書状を握(にぎ)りしめたまま店の外に出た。

外の暗闇に、頭巾(ずきん)をかぶった女が背を向けて立っていた。

「そのまま聞きな」と女は言った。「大坂東町奉行所の神崎って与力が浜野に潜入し、尾形という勘定方を罠(わな)に嵌(は)めて抱き込んだ」

「え？」

「神崎は、国家老の岡本とあんたとが朝鮮を相手に抜け荷を行っているという偽の証拠を作り、尾形に公儀への訴え状を書かせた」

「ちょっと待ってください」

「黙ってお聞き」

「はい……」

「大坂東町奉行所の派遣した捕吏はすでに国境に迫っている。岡本を助けたきや、〈絹屋〉って旅籠に行って、神崎を始末しな。木下って偽名で泊まっている」

それだけ言うと、女はその場から立ち去った。

「ちょっと待ってください」

女のいた場所に近づいた富之助は、そこに油紙の包みが置かれていることに気づいた。拾い上げ、包みを開けた富之助は目を見開いた。

——これは……。

女の素性はわからないし、大坂町奉行所のことを教えてくれた目的も不明だ。もしかすると罠なのかもしれない。だが、女の言っていることが本当なら、考えている暇はない。

富之助はいったん店に戻って身支度を整え、夜の闇に走り出した。

晴れた空には満天の星が輝き、天の川がはっきりと見える。月明かりのおかげで提灯もいらない。

走りながら、富之助は治長のことを考えた。

治長に一言伝えておいたほうが良かったのだろうか？　いや、そうではない。今回の件は治長の一切与り知らぬこと。すべては自分一人で罪を被るしかないのだ。

だが、いざ敵の矢面に立つと思うと、走りながらも背筋に脂汗が流れてくる。もはや慎三たちはいない。頼れるのは自分しかないのだ。正直、震えそうになるほど怖い。

――覚悟はできているはずではないか、富之助！

富之助は必死で自分に言い聞かせながら、着物の裾を端折り、夜道を走りに走った。

〈絹屋〉の前に着いた。

富之助は大きく深呼吸して息を整え、足を踏み入れた。

木下という神崎の偽名を口にすると、店の亭主は二階の奥の部屋だと教えてくれた。

部屋の前に立ち、襖を一気に開ける。

驚いた神崎は咄嗟(とっさ)に刀掛けに手を伸ばした。

だが、神崎の手が刀に届くよりも早く、富之助は畳に額(ひたい)を擦(こす)り付けた。

神崎は手を止めた。

「何者だ？」

「浅田屋当主の富之助と申します」

「おぬしが富之助か……」

「はい。大坂東町奉行所与力の神崎様とお見受けいたします」

神崎は思わず身を引き締めた。

「なぜ、ここがわかった？」

「知らせに来た者がいます」

「間宮たちをたぶらかした連中か？」

「いえ、彼らはすでに浜野を発(た)ちました」

「では誰だ？」

「どなたかは存じません。私も半信半疑でここに来ました」

「なるほど……。では、この旅籠は浜野藩の町奉行所の捕り物方に囲まれているということか？」

「町奉行所には届けておりません。神崎様と取引をさせていただきたく、私一人で参りました」

神崎は眉をひそめた。

「取引？」

「はい。勘定方筆頭の尾形様を抱き込み、朝鮮との取引の偽の記録を証拠として、岡本様の罪を問われるおつもりと聞き及びました」

ここに至って、神崎はようやく通報者を特定した。

——あの女……。

神崎は富之助に向き直った。

「偽の記録とは聞き捨てならぬ。ここには尾形からの訴状もある」

「尾形殿を罠に嵌め、無理やり書かせましたな？」

「だからどうした？　町奉行所に届けぬかわりに、この件から手を引けと申すか？」

富之助は首を振った。

「大坂町奉行所は西国諸藩の監督がお役目。そこに目を付けられたとなれば、最も早（はや）、何を申しても無駄でしょう」

「良くわかっておるではないか。我らは間宮のような腰抜けではない」

「間宮様は浜野の領民の惨状（さんじょう）に心を痛められ、これ以上の追及はなさらなかったのだと拝察いたします」

　神崎はせせら笑った。

「だから甘いのだ。証拠がなければ作れば良い。たとえ偽物でも、浜野藩の勘定方筆頭から提出されたものであれば本物になる」

　富之助は深く息を吐き、覚悟を決めたかのようにすっと顔を上げると、神崎を見据（みす）えた。

「それで構いません」

「なに？」

「偽の証拠でも構いません。ただし、その取引はこの浅田屋が独断で行ったこととしていただきたい」

「何が言いたい？」

「私をひっ捕らえて大坂に送り、詮議（せんぎ）することでご勘弁いただけませんでしょうか？」

「国家老の岡本治長には手を出すなと申すのか？」

「岡本様は浜野藩にはなくてはならぬお方。岡本様なくしては藩は立ち行かず、民が飢えます。どうかお見逃しいただきたい」

神崎は富之助を凝視した。

「もしも嫌だと言ったら？」

「その場合は……」

富之助は懐から奇妙な形の短筒を取り出した。

神崎は目を剥いた。

「それは……」

富之助が握っているのは管打式のリボルバー拳銃だった。女が油紙に包んで浅田屋の前に置いていったものだが、もとはといえば間宮林蔵のものだった。

「あなたを撃って私も死にます」

神崎は蒼ざめた顔で手を上げた。

「ちょっと待て……。たとえ儂を殺しておぬしが死んだところで、大坂町奉行所の追及は止まぬぞ」

富之助は懐から書状を出し、畳に置いた。

「この遺書に、私が異国との取引を独断で行ったことについての藩への詫びを認めました。私が死ねば、藩はすべての罪を私に被せれば良い」

その遺書は、かねてから富之助が用意していたものだった。

「おぬしの独断でそのような商いができるはずがない。第一、浜野藩御用の会符は、藩の勘定方でないと作れぬではないか」

「遺書には、それも私が偽造したと書きました」

神崎はゆっくりと首を振った。

「一介の商人のおぬしが、なぜ、そこまで藩に尽くす？」

「藩に尽くすのではございません。兄の役に立ちたいだけです」

「兄……？」

「岡本治長様です」

「なるほど。そういえば、おぬしと岡本とは幼少時より兄弟の如く育ったと聞いた」

富之助は頷いた。

「兄の窮地を救うのは弟として当然のこと」

「だが、その兄は、弟の窮地に際してどこにいる？　すべての罪をなすり付け、自分は知らぬ存ぜぬで通す気ではないのか？」

「それは私がお願いしたことです」

「なぜ、そこまで他人である岡本に尽くす？」

「幼少時に契りを立てたからです」

「なんだと？」

「大人になっても二人で力を合わせ、浜野藩を守り、民を救うと」

「ばかな。武士と商人の契りなど、聞いたこともないわ」

「こうも契りました。たとえ身分は武士と商人に分かれても、心は一つだと」

神崎はせせら嗤った。

「所詮、おぬしは商人。いいように使われているだけだ」

「それでも構いません。契りは契りでございます」

――くそ……。

決してたじろがぬ富之助の気迫に押された神崎は、顔を歪ませながら、荒々しく肩で息をしている。

富之助は短筒の引き金に指を当てたまま、まっすぐに見返す。

部屋の中は肌を刺すような緊張感で満たされた。

やがて、それに耐えきれなくなった神崎が音を上げた。

「わかった。おぬしの申し出を受けよう」

「では……」

「明日、大坂東町奉行所の捕吏が浜野に入る。本来は岡本の屋敷に向かうところだが、行き先を浅田屋に変えよう。儂はそこで訴状を出し、おぬしに抜け荷の罪を問う。おぬしはそれを認め、独断でやったと答えれば良い」

「お約束いただけますか？」

「儂が約束を違え、浅田屋ではなく岡本の屋敷に向かった場合は、その時こそ、短筒で儂を撃てばよかろう」

それでもしばらくの間、富之助は短筒を下ろさなかった。

「信じられぬのであれば、今すぐに儂を撃て」

その言葉に、富之助はようやく腕を下ろした。

「承知しました。では明日、我が屋敷にてお待ちしております」

「わかってくれたか」

神崎はほっとしたように頷いた。しかし、次の瞬間、やにわに刀を抜き、そのまま富之助めがけて薙いだ。目を見開いた富之助は反射的に短筒の引き金を引いた。轟音(ごうおん)とともに発射された弾丸が神崎の左腕を貫くのと、神崎の刀が富之助の首に食い込んだのはほぼ同時だった。

頸動脈(けいどうみゃく)を断ち切られた富之助の体から鮮血が噴き上がった。

態勢を立て直した神崎は、とどめを刺すべく、傷を負っていない右手で刀を持ち上げた。だが、それを振り下ろそうとした時、腕に激痛が走った。

——なに……?

腕に手裏剣が食い込んでいる。振り向くと、その視線の先に立っていたのはお凜だった。

「やはりお前か！」

「林蔵様の言ったとおりだ。あんた、人間の屑(くず)だね」

広島へ向かう道中、石見街道ですれ違った男の顔に見覚えのあった林蔵は、裏で大坂東町奉行所が動いていることを察し、後を追って浜野に戻るようお凜に指示していたのだ。

男の後を追ったお凜は、林蔵の懸念(けねん)通り、その男、神崎が大坂東町奉行所の与力であることを突き止めた。そして、その目的を探るため、間宮に愛想(あいそ)を尽かしたと偽って接近したのだ。

神崎は憎々し気にお凜を睨んだ。

「おまえこそ、間宮のような男の配下では何の報いもないぞ」

「それはわかっている。だけど、百姓のことを虫けらにしか思っていないあんたよりはずっとましさ」

転がった富之助の体からは血が流れ続けている。

踵を返した神崎は、お凜に向かって突進すると、容赦ない斬撃を浴びせた。

お凜は身を翻して器用に刀を避けたが、たちまち部屋の壁際に追い詰められてしまった。

もう後がない。

「くそ！」とお凜は声を上げた。「やっぱり間宮様なんかに肩入れするんじゃなかったよ」

「今さら遅い！」

舌なめずりした神崎は、腕の痛みに顔を歪ませながら持ち上げた刀を一気に振り下ろした。だが、その刀は、下から跳ね上がってきた別の刀によって弾き返された。

「なに？」

　そこには、神崎とお凜の間に割って入った男の姿があった。

「逃げろ！」という男の声に、お凜は転がるようにして部屋の反対側の隅に走った。

男の顔を見た神崎は驚愕した。

「国家老、岡本治長……？」

神崎は、かつて大坂で治長を見かけたことがある。その色白で端整な顔を見誤るはずがない。

「いかにも」

「なぜ、おぬしがここに？」

「富之助に会いに浅田屋に行ったところ、丁稚が教えてくれた。おぬし、何者だ？」

「答える筋合いはない」

　そうとしか答えられない。今は他藩に潜入している身だ。迂闊に答えれば町奉行所に捕縛されかねない。

治長は神崎から目を放さず、転がっている富之助に声をかけた。

「しっかりしろ！」

富之助は動かない。

その時、単筒の轟音を聞きつけた神崎の配下五人が駆け込んで来た。

「これは！」

驚いた五人は即座に抜刀した。

神崎は「殺してはならぬぞ」と命じた。

浜野藩を潰すためには、公の場で治長に罪を認めさせる必要がある。ここで殺してしまっては元も子もない。

配下の男たちは一斉に頷いた。殺さぬ程度にいたぶることには慣れているらしい。

一方、治長は、富之助を斬られた怒りで顔を朱に染め、肩を大きく上下させている。

配下の一人が袈裟懸けに斬りつけようとした時、逆に唸り声を上げて突進した治長は、その男の腹を下から薙ぎ、肉を断ち切りながら胸まで斬り上げた。そして高く上がった刀を切り返し、二人目の肩に向かって振り下ろした。

鮮血が部屋中に飛び散った。

――こやつ！

所詮（しょせん）は城中での政（まつりごと）しかできない男と侮（あなど）っていた神崎は、その剣技の鮮やかさに目を瞠（みは）った。それもそのはずだ。治長は、預けられた家臣から幼少時より剣術を叩き込まれている。それも、〈常在戦場〉を信条としている家臣の教える剣は、己の命は顧（かえり）みずに敵を必殺する実戦叩き上げのものだった。その治長の剣の気迫に、配下の者たちはたちまち浮き足だった。

　そのなか、一瞬の隙を捉えた三人目が後ろから斬りかかってきた。身を翻した治長がそれを受け止めた瞬間、相手は「うわ！」と声を上げ、刀を畳に落とした。見ると、腕に手裏剣が刺さっている。お凜だ。

「この女！」

　別の男がお凜に向かって剣を振り下ろした。だが、その剣は、もう一人の男によって簡単に弾かれた。

　佐之助だった。

「遅いじゃないか！」

　佐之助は逃げようとする神崎の背中を袈裟懸けに斬り下ろした。だが、それより一瞬早く廊下に飛び出した神崎は、足袋（たび）のまま階段を駆け下り、絹屋から走り去った。

その後、神崎を追って階段を下りてきた配下の三人が宿から飛び出したが、そこに居合わせた背の高い浪人によって瞬殺された。

神崎たちの去った部屋の中では、治長が富之助の体を抱き上げていた。

「富之助、しっかりしろ！」

だが、富之助の傷は深く、息をするのもやっとの状態だ。

血の気の引いた顔でうっすらと目を開けた富之助は、ようやく「治長様……」と呟いた。

「馬鹿者。なぜ一人でこのようなところに来た？　お前を斬ったのは誰だ？」

「大坂町……、奉行所……」

「なんだと？　まさか、おまえは自分一人で罪を負おうとしたのか？」

「治長様は……、浜野藩にはなくてはならぬ……、お人ゆえ」

「それはおまえのほうだ。この日の本のどこに、己の命を懸けて藩を守ろうとする商人がおる……？」

治長の目から涙が滴り落ち、富之助の頬に当たった。富之助は、すでに光を失いかけた目で治長の顔を探し、伸ばした手で頬を触った。

「兄上……、どうか浜野藩を……」

話すたびに口からごぼごぼと血の泡が噴き出る。

「もうよい。喋るな。黙っておれ！」

富之助は、それでも必死に目を開け、口を動かした。

何かを言いかけているのだが聞こえない。

「なんだ、富之助、何が言いたい？」

富之助は最期の一言を口にした。それは「契り……」と聞こえた。

その瞬間、治長の脳裏には、泥鰌を捕まえようと田のあぜ道を走り回っていた子供の頃が蘇った。富之助が本当の弟でないことはわかっていた。しかし、妾腹の子として家から遠ざけられていた治長にとって、いつも自分に付き従ってくれる富之助は実の弟以上の存在だった。そして、生涯、富之助が自分に付いてきてくれると信じて疑わなかった。その富之助が、今、自分の腕の中で冷たくなろうとしている。

「死ぬな、富之助！」治長は声を限りに叫んだ。「おまえがいなくなってしまったら、儂は一人きりじゃ！　誰も儂を助けてはくれぬ！」

部屋に居合わせたお凜と佐之助は、一国の家老がまるで子供のように泣きじゃくる姿を見て呆然とした。

だが、治長はそんなことは気にもせず、血だらけの富之助を抱きしめ続けた。

「目を開けてくれ。また泥鰌を取りに行こうぞ。また水飴を舐めようぞ」

冷たくなった体から徐々に力が抜けていく。

「富之助！　頼む。儂を残していかないでくれ！」

叫ぶ治長の腕のなかで、富之助は息を引き取った。

階段を凄い勢いで駆け上がってきた男が、部屋の中の状況を見て唸り声をあげた。

「遅かったか……」

なんと、それは浜野を去ったはずの慎三だった。

「誰だい？」

声を上げたお凜は、続いて部屋に入ってきた新之丞を見て驚いた。

「おまえ、江戸であたいらのことを邪魔した浪人じゃないか」

新之丞は頷いた。

「なんであんたたちがここにいるんだい？」

「仕事の続きをしている」

「え？」

慎三は、治長が抱きしめている富之助の亡骸の前で膝を折った。

「こんなことなら、滞在を延ばしていればよかった……」

新之丞は、富之助に向かって手を合わせると、お凜と佐之助に向き直った。

「拙者は久坂新之丞。この男は我々の頭目の慎三だ。どうにも胸騒ぎがするというので、国境から引き返してきた。そのほうらこそ、浜野を去ったはずではなかったのか？」

お凜は新之丞を睨みつけ、「余計なお世話だよ」と言った。

しばらく無言で手を合わせていた慎三は、やがて合掌を解き、ゆっくりと顔を上げた。

「これは俺の勝手な推測だが、あんたたちの親分の間宮林蔵は、浜野の領民の悲惨な状況を目の当たりにし、領民の命を守るためには岡本様と富之助さんが必要だという結論に行きついた。だから、沖島での出来事に疑いを持ちながらも、敢えてそれ以上の追及をしなかった。だが、浜野を去るとき、大坂町奉行所の者が浜野藩に入るのを目にして、あんたたちに戻るよう指示した。そうじゃないのか？」

お凜が目を丸くした。

「なぜ、そのように手に取るようにわかるのさ？」

「やはりな……」と、慎三は頷いた。「俺たちも胸騒ぎがして引き返したのだが、間に合わなかった……」

富之助の体を抱きしめていた治長は、ようやく手を放して畳に横たわらせると、ゆらりと立ち上がった。

「どこへ行くのさ？」とお凜が訊いた。

「知れたこと。大坂町奉行所の者たちを追い、我が領内で討ち果たす」

そのまま部屋を出ようとする治長を慎三が止めた。

「それは無茶だ。大坂東町奉行所の捕吏はすでに浜野領内に入っているでしょう。数十人はいますよ」

「構わぬ。斬れるだけ斬って富之助の後を追う」

「それで富之助さんが喜ぶとお思いですか？」

治長は真っ赤に充血した目で慎三を振り向いた。

「そのようなことは関係ない。弟の仇を討つのは兄の責務じゃ」

「ですが、それでは富之助さんの死が無駄になります」

「なんだと？」

「富之助さんは浜野藩を救うために命を懸けた。あなたは、その遺志を継ぐ者として、最後の最後まで知恵を絞り、策を練り、戦うべきだ」

「何をこざかしいことを！」治長はこめかみを震わせた。「富之助を殺されたのだぞ？　この期に及んで、どのような策を立てろというのだ？」

慎三は治長を見据え、浜野藩を救うための策を口にした。

治長は、「そのようなこと、できようはずもない」と否定した。「それに、それでは富之助の仇は討てぬ」

慎三は首を振った。

「富之助さんの願いは自分の仇討ちなどではありません。浜野藩を守り、民を救うことです」

――浜野藩を守り、民を救う……？

治長は慎三から視線を逸らし、天井を見上げると、荒々しかった息を少しずつ抑えていった。そして、やがて瞑目すると、慎三の言葉を反芻した。

富之助の最期の言葉は「契り……」と聞こえたが、浜野藩を守り、民を救うことこそが二人の契りだったのではないか。

――富之助の言いたかったことは、それか……。

治長は目を開けた。

「……よかろう。ただし、相手の出方次第では、あの与力を斬り、儂もその場で腹を切る」

慎三は頷いた。

「その時は思う存分おやりなさいませ。決してお止めはいたしません」

二　葉月二十五日　浜野城下

昼八つ（午後二時）、富之助を斬った大坂東町奉行所与力の神崎順平が三十名ほどの捕吏を引き連れて浜野城下に入った。

城下に入るにあたっては、さすがに町奉行所との間で一悶着あったが、神崎は大坂東町奉行の書状を見せて押し通った。

城詰めの重職たちは色めき立ち、国家老の治長を捜したが、その日に限って登城していないことがわかった。

その後、一団は城への道を横に逸れ、治長の屋敷に向かった。

天守閣からその光景を眺めた重職たちは、自分たちが矢面に立つことはないことを知り、胸を撫で下ろした。そのなかで、勘定奉行の片倉覚兵衛だけは、祈るような面持ちで治長の屋敷へ向かう一団を見つめた。

治長の屋敷は町奉行所の二十名近くが警護していた。だが、治長から厳しく戒められていたため、抵抗する気配はなかった。

神崎は、門の前で声を張り上げた。

「大坂東町奉行所である。国家老の岡本治長様に詮議したき儀あり。開門されよ」

その声が終わるのを待たず、ぎいっという木の軋む音を立てて門が開いた。

「それ！」

掛け声とともに、捕吏は一斉に門から雪崩れ込み、屋敷を取り囲んだ。

最後に門をくぐった神崎は、案内役の家臣に導かれて屋敷に上がり、そのまま奥の間に通された。

家臣が襖を開けると、そこには正装の治長が控えていた。早朝に身を清めて月代を剃り、服装を整えたらしく、阿修羅のごとき斬撃を繰り出した昨夜とは全く別人のように、静かに佇んでいる。

神崎は咳払いを一つすると、上座に回って座った。富之助に撃たれた腕をさらしで吊るしているが、傷はそう深くはないようだ。

神崎の部下の木田健之助が二人の間に座る。

神崎は、暫くの間、無言で治長を見詰めていた。

昨夜、富之助を斬って治長と闘い、五人の配下を失ったことは絶対に口に出せない。潜入中の失態として大坂東町奉行の矢沢からどのような叱責を受けるかわからない。五人は道中の事故で命を落としたことにして押し通すしかない。

やがて、神崎は大坂東町奉行の認めた嫌疑状を懐から抜き、木田に渡した。本来であれば自分で開き、治長の目前にかざすのだが、片手ではそれもできない。

木田は嫌疑状を受け取ると、その場で開き、治長に向けた。

「浜野藩国家老、岡本治長。廻船問屋、浅田屋当主の富之助に対し、異国との取引を命じたる件につき詮議いたす」

治長は顔を上げると、困惑した表情を見せた。

「遠路はるばるお越しいただき、まことにご苦労に存ずるが、異国との取引とは一体何のことでございましょうか？」

「ほう……」神崎は目を細めた。「そのようなことは与り知らぬと申すか？」

「そのとおりにございます」

「たわけたことを」

「ではお訊きいたしますが、当藩は異国と、どのような品の取引をしていると仰せなのでしょうか？」

「主に材木。そして、明らかに異国の物と思われる品々じゃ」

「なるほど……」

治長は沈黙した。

それを見た神崎の目が光った。

「言い逃れもできぬと見えるな」

治長は暫く考え、口を開いた。

「確かに、それらは当藩の御用商人である浅田屋を通して、江戸や大坂で売っておるもの」

「では、罪を認めるのじゃな？」

治長はゆっくりと首を振った。

「なんと……」

眉をひそめる神崎の前で、治長はいきなり立ち上がった。

神崎が襲われると思った木田が二人の間に割って入り、手を広げた。

「まだ詮議中じゃ。無礼であろう！」

治長は鷹揚な口調で言った。

「お見せしたいものがある。ついてこられよ」

――なんと……。

さっさと部屋を出て行く治長に置いてきぼりを食った神崎は、無礼な行為に顔を朱に染めながらも、仕方なく廊下に出た。

木田と数人の捕吏が後に続く。

廊下を歩き、奥の間に着くと、治長は襖を開けて中に入った。

罠ではないかと疑った神崎は木田に目配せした。

頷き返した木田は、まず護衛役の捕吏を部屋に入れた。

警戒しながら部屋に入った捕吏の一人が、いきなり「おお！」と声を上げた。

「どうした？」と訊く木田。

「いや、これは……」

まるで要領を得ない答えに、業(ごう)を煮やして部屋に入った木田もまた「おお」と声を上げた。

仕方なく、神崎も奥の間に入った。

――なんだ、これは！

なんと、棚という棚に異国の品がずらりと並んでいる。

甲冑、壺、白檀らしい香木で彫られた仏像。

「これは……」

治長は棚の品々を指しながら言った。

「すべて当藩で作ったものでござる」

「なんだと？」

「長崎の商人から買い求めたものを真似て、当藩の職人に作らせています」

神崎は改めて品々をじっくりと見渡した。どれをとっても極めて緻密な細工が施され、とても日の本の職人が作ったものとは思えない。

――たぶらかすつもりか……。

神崎は治長を睨みつけた。

「どうみても異国のもの。拙者の目を節穴とでも思うておるのか！」

だが、治長は顔色一つ変えず、落ち着き払った物腰で神崎を見返した。

「お疑いとあらば、どうぞこちらへ」

再び廊下に出た治長は、さらに奥の方へ進んでいった。

廊下の突き当たりまで歩くと、別棟への渡り廊下があった。

——このような奥にまで連れてきて、まさか闇討ちを仕掛ける気か？

警戒した神崎は足を止めた。

「もうよい。そのほうの口車には乗らぬ。先程の部屋に戻る」

治長は渡り廊下の先で振り返った。

「すぐそこでござる。闇討ちをご懸念されているのであれば、まずは護衛役の捕吏の方々からお渡りくだされ」

そうまで言われては引っ込みがつかない。神崎は再び歩き始めた。

渡り廊下を歩き切り、治長に続いて別棟に入ろうとした時、大きな壺を持った職人が出てきた。前の見えない職人は危うく神崎とぶつかりそうになった。

咄嗟に身を躱した神崎は「危ないではないか！」と声を上げた。

「おっと！」

職人は驚いた拍子によろめいた。壺が落ちかける。

寸でのところで壺を持ち直した職人は、「申し訳ございません」と詫びた。

「なんだ、ここは？」

「工房でございます」

「工房……？」

「はい。今はまだ小さなものですが……」

中に入ると、そこでは数人の職人が忙しげに働いていた。

ある者は西洋甲冑を作り、ある者は壺に色を塗り、ある者は仏像を彫ってい
る。

「これは……」

「異国のものに似せた品をここで作り、浜野の特産品として売っております」

「なんだと？」

神崎は工房の中を歩き回った。

年季の入った職人の一人が、素焼きにした壺に鮮やかな色入れをしている。

その職人は〈眩ましの甚五郎〉だった。甚五郎は、寝ずの作業でこの工房、及び作成中の品々を作り上げていた。

ただし、先程の部屋で神崎たちが見た甲冑や壺は本物の異国の品々で、昨夜のうちに城から運び込まれた、松野家の家宝だった。限られた時間での精一杯の策

だったのだ。

神崎は、眼前で壺に色入れしている甚五郎の鮮やかな筆さばきに感嘆の息を漏らした。

——なんと見事な……。

できあがっていく壺は異国のものにしか見えない。

視線を転ずると、他の職人は香木で仏像を彫っていた。

——この香りは白檀……？

神崎は治長に訊いた。

「これは白檀か？」

「はい」

「どこで手に入れたのだ？」

「わが藩の〈沖島〉という島で採れたものです。島の近くの海の底に火の山があり、そのせいで海水の温度が高く、気候は温暖湿潤。そこで様々な高級木を育てています。白檀もその一つ」

神崎は眉をひそめた。

「そのような戯けた話、聞く耳を持つと思うか？」

「嘘と思われるのであれば、沖島にご案内いたしましょう」

「それは無用じゃ」

「これは異なことを。ろくにお調べもなさらずに判断されるおつもりですか？」

「そうではない。時間の無駄と言っているのだ。わざわざそのようなところに行かずとも、おぬしの罪を問うことは十分にできる」

「良いのですかな、そのようなことを申されても」

「なんだと？」

治長は懐に手を入れると、一通の書状を取り出した。

「なんだ、それは？」

「我が藩に潜入した密偵を捕縛いたしました。その男が持っていた密書です」

「なに……？」

神崎は混乱した。大坂東町奉行所以外の密偵ということは、間宮林蔵の手の者しかいない。

「中を見せろ」

神崎が迫ると、治長は鷹揚に首を振った。

「これは当方にとって切り札となるもの。そう易々とお見せするわけにはまいりませぬ」

「なんだと？」

神崎は捕吏に目配せした。たちまち数名の捕吏が治長を取り囲んだ。それを見た治長の家来たちは一斉に刀に手をかけた。一気に空気が張り詰める。

治長は家来たちに向かって手を上げ、「軽率（けいそつ）な行動は慎（つつし）め」とたしなめると、神崎を見た。「それほどまでご心配であれば、どうぞご覧あれ」

神崎は密書を奪うようにして取り、中を検（あらた）めた。

そこには沖島で見たことが詳細に記されてあった。すなわち、浜野藩が仕入れている木材は異国のものではなく、すべて自藩の島で育てたものだという報告だ。末尾には間宮林蔵の自筆署名があった。

神崎は紅潮（こうちょう）した顔を上げた。

「このようなもの、誰にでも作れるではないか。本物であるという証拠はどこにもない」

治長は工房の奥の間に近づくと、襖に手をかけた。そして、「御覧（ごろう）じろ」と言いながら、横に引いた。

――なに……？

そこには縄をかけられた虚無僧が控えていた。風坊だ。

「昨夜、町の旅籠で騒動がありました」

騒動という言葉に、神崎の頬がピクリと動いた。

「この男は、その現場から逃げ出してきたところを町奉行所によって捕らえられました。尋問したところ、公儀普請役、間宮林蔵の配下の者であることが判明しました。その書状は、この男が間宮から預かったものでございます」

治長の言う騒動が富之助を斬ったものとは異なるものだとわかり、神崎はひとまず安堵した。

「なぜ、この男が間宮の書状を？」

「間宮は、報告書が確実に大坂町奉行に届くよう二通作成し、一通を自分で持ち、もう一通をこの男に託したようです」

「それはおかしい。そのような重要な任務を帯びながら、この男は、なぜ旅籠の騒動などに巻き込まれたのだ？」

治長は風坊に声をかけた。

「惚れた女を助けるため……。そうだな？」

縛られた手首に血を滲ませた風坊は、痛みに顔を歪ませながら、「はい」と答えた。「死んだ主人から引き継いだ旅籠を続けるため、高利貸しから金を借りた馬鹿な女ですが、あれで可愛いところもあるのです」

治長は神崎に説明した。

「どうやら、惚れた旅籠の未亡人が高利貸しから借りた金が返せず、手籠めにされそうになったところを助けたらしい」

――馬鹿な。そのようなくだらぬ理由で……？

神崎は、しばらくの間、治長と風坊を交互に睨んでいたが、やがて口を開いた。

「この男の自白だけでは、この書状が本物だという証拠にはならぬわ」

治長は風坊に訊いた。

「確か、そのほうは間宮とかいう男と一緒に沖島に行ったのであったな？」

風坊は頷いた。

「はい。木こりに変装し、間宮様と二人で船に乗り込んで沖島に行きました。そこで見たことは、その密書にあるとおりでございます」

「では、当藩が異国との取引を行っているという疑惑については、すでに公儀普請役、間宮林蔵殿によって滞りなく調べが終わった。そういうことだな？」

「いかにも。藩内の島で育てた木を伐採して売るのであれば何の問題もない。また、異国の品に似せているとはいえ、藩内で作ったものを売るのに何の咎があろうか。間宮様はそのように仰せでした」

治長は神崎に向き直った。

「いかがでござる？」

神崎は高笑いすると、「笑止千万」と吐き捨てた。「この男の素性もわからず、書状の真偽も定かではない。大坂東町奉行所を舐めてもらっては困る」

「それほどお疑いであれば、大坂にて、間宮殿に真偽のほどを確認されるのが宜しかろう。それが判明するまで、それがしはこの屋敷で蟄居いたす」

「それには及ばぬ。いくらそのほうが言い逃れしようとも、当方には確固たる証拠があるのじゃ」

「なんと、証拠の品をお持ちとな？」

「左様。異国との商いの証拠じゃ」

「これは異なことを。ないはずのものがあるとおっしゃるのか？」

「その通りじゃ」

神崎は懐から書状を抜き出し、治長に渡した。

受け取った治長は急ぎ中を検めた。

──これは……。

顔を歪ませる治長を見ながら、神崎は思わず頰を緩めた。

「どうじゃ？　貴藩の勘定方筆頭、尾形伸助の訴状じゃ。そのほうが異国との取引を浅田屋に命じたと書かれてある。取引の証拠も添えてある」

治長はうーんと唸った。

神崎は声を上げて笑った。

「言葉も出ぬとみえるのう」

それでも唸っていた治長は、やがて「確かに訴状ではありますな」と言って頷いた。

「無論のこと」

「しかし、このようなことを訴え出られてもご公儀もお困りなのではありませぬか？」

「何を言う。国禁を犯したのはそのほうじゃ。訴えられて困るとはどういう意味じゃ？」

「国禁？」

「いかにも」

「海鼠（なまこ）が？」

「なに？」

神崎は治長の手から訴状を奪うと、中に目を通した。

――なんだ、これは？

それは、送られてきた海鼠の乾物の質が悪いという海産物問屋からの苦情の手紙だった。添えられた証拠は海鼠の送り状だ。

神崎は頭の中が真っ白になった。これは一体何だ？　何が起きたというのだ？

――すり替えられた？

だが、この書状はずっと懐に入れていたものだ。朝から一度も出していない。

――まさか……。

先刻、渡り廊下を歩き、別棟の工房に入ろうとした時、壺を持って出てきた職人と鉢合わせした。まさかあの職人が……。しかし、ぶつかってはいないし、職人の両腕は壺を抱えて塞（ふさ）がっていた。

思い出してみる。

そういえば、神崎とぶつかりそうになって体の均衡（きんこう）を崩した職人は、落としそうになった壺を持ち替えた。そのとき、一瞬ではあるが、壺から手を放したのだ。

——まさか、あの一瞬で？

その職人が〈丑三つの辰吉〉の変装であることを知る由もない神崎は、治長に向かって叫んだ。

「あの職人を呼べ！　あの者が書状をすりかえたのじゃ！」

だが、治長は微動だにしない。

「何をしておるのじゃ。大坂東町奉行所の命に逆らうのか？」

「おやめなされ」治長はぴしゃりと言った。「お見苦しゅうございますぞ」

「なんじゃと？」

「確かに、大坂町奉行所は西国諸藩を取り締まる大坂城代のご配下。聞くところによると、大坂城代は西国で変事が起きた場合に独断で行動できるよう、公方様の白紙の印判状をお持ちとか。しかし、だからといって、ご公儀をないがしろにして良いということにはなりませぬ」

「ご公儀をないがしろにするとは、いったいどういう意味じゃ？」

「間宮林蔵殿は公儀普請役。その間宮殿が行われた探索の結果を無視するだけではなく、海鼠の取引を根拠に五万石の国家老にいわれのない罪をなすりつけるとは言語道断。今すぐ江戸に早馬を送り、我が殿に報告いたすが、それで宜しいか？」

――……。

神崎のこめかみがピクピクと痙攣し、顔面は紙のように白くなった。

額に脂汗を浮かべ、かろうじて口を開けた神崎は、唇を震わせながら言った。

「これは何かの間違いじゃ。あったのじゃ。異国との取引の証拠は確かにあったのじゃ」

治長は穏やかな声で答えた。

「それほどまで申されるのであれば、江戸への早馬は控えましょう。また、捕らえたこの間者も解き放ちましょう。その代わり、大坂に戻られたら、間宮殿から詳しい報告を聞いていただきたい」

「……」

「この岡本治長、逃げも隠れもいたしませぬ。もしも先程の報告書と間宮殿の持っている報告書の内容が食い違い、異国との取引の嫌疑ありとなれば、その証拠を持って、再びお越しいただきたい」

神崎は怒りで身体を震わせたが、証拠がない以上、反駁はできない。

無言で治長を睨みつけた神崎は、踵を返すと、足をどんどんと踏み鳴らしながら渡り廊下を戻って行った。


神崎たちが去った屋敷では嵐のような光景が繰り広げられていた。

治長が刀を振り回し、障子や襖を散々に切り破っていたのだ。

治長は吠え、涙をまき散らしながら泣き、また吠えた。

「くそ！　くそ！」

嚙みしめた唇から血が滲む。平素はあまり感情を表さず、常に平静な治長の狂乱ぶりを、妻の妙子は目に涙をためながら見つめた。

やがて、治長は刀をどんと畳に立て、振り乱した髪のまま座り込んだ。

その前に慎三が立った。

「気はお済みになりましたか？」

治長は真っ赤に充血した目を上げた。

「血も涙もない奴め……。これで満足か？」

慎三は頷いた。

「己の感情を押し殺し、よく演じ切られましたな」

「お主に言い含められなければ、あの男を一刀両断にしていたところだ」

「お気持ちは良くわかります。ですが……」

「それでは富之助の死が無駄になる。そうであろう？」

「おっしゃるとおり。大坂町奉行所に付け入る隙を与えるだけです」

「そのようなこと、わかっておるわ」治長は唇を震わせた。「だが、あやつは我が弟の仇ぞ。その仇に一刀も浴びせず、おめおめと立ち去らせるとは……」

「富之助さんの兄である前に、あなたは浜野藩のご家老です。すべての領民の命を預かるお立場」

「わかっておる……。わかっておるわ！」

治長は狂気を宿したような目で慎三を見た。

「それ故、弟の仇も討てぬまま、おめおめと生き続けよと言うのか？」

「それが生き残った者の使命」

「死より辛い道を行けと？」

慎三は表情一つ崩さず、頷いた。

「そのお命、すでに御家老様お一人のものではありません」

慎三を睨みつけた治長は、やがてふっと息を吐いた。

「もう良い。行け」

慎三は黙って頭を下げた。

「御家老様、わかっておいでとは思いますが……」

「くどい。腹は切らぬ。武士に二言はない」

両目に涙を溜める治長を見つめながら、慎三は部屋を辞した。


廊下を歩いていると、「お待ちください」という穏やかな声が聞こえた。

振り向いた先に立っていたのは、正室の妙子だった。

治長から事情を明かされていた妙子は慎三に向かって深々と頭を下げた。

「この度は夫の窮地を救っていただき、お礼の言葉もございません」

慎三は寂し気に微笑んだ。

「ですが、御家老様には恨まれてしまいました」

妙子はゆっくりと首を振った。

「そのようなことはありません。夫はすべてわかっています。ですが、家老といえども、所詮は人の子。見苦しい姿をお見せし、申し訳ございません」

「いえ」と慎三は首を振った。「無理もありません。お二人は実の兄弟以上の間柄であったのでしょう？」

「ええ。夫は、唯一、富之助さんと話している時だけは心の底からくつろいだ様子で、子供のようにはしゃいでいました。その弟を失くしたのです。兄としては耐えきれぬ気持ちなのでしょう」

慎三は顔を歪めた。

「私がもう少し早く浜野に戻っていれば……。悔やんでも悔やみきれません」

「あなたの責任ではありません」と、妙子は再び首を振った。「半年ほど前、夫は富之助さんを呼び、なにやら深刻そうに話し込んでいました。その時、私は抑えがたい胸騒ぎを憶（おぼ）えました。今から思えば、こうなることは、その時から決まっていたような気がします。富之助さんは、家老である夫に累（るい）が及ばぬよう、事の責任を一身で負うことを覚悟していたのでしょう」

「その富之助さんを、私はむざむざ見殺しにしてしまった……」

「あなたは浜野藩の領民の命に責任を負うべき夫を救ってくださいました。それこそ、富之助さんが心の底から願っていたことです」

慎三は複雑な表情で妙子を見つめた。

「心配はいりません。夫は富之助さんの遺志を継ぎ、この藩を立派に立ち直らせます」

慎三は頬を緩めると、頭を下げた。

「わかりました。では、遠い江戸から御家老様のご活躍をとくと拝見させていただきましょう」

妙子に見送られて屋敷を出た慎三は、仲間の待つ旅籠〈美祢屋〉に向かった。

「いらっしゃいませ」

慎三を笑顔で迎えたのは、体調を崩して療養のためにしばらく実家に帰っていた女将だった。

女将は慎三に向かって深々と頭を下げた。

「このたびは本当に助かりました。どうもありがとうございました」

「いや、あのようなことで手助けができたのであれば、ようございました」

実は、この美祢屋の女将は、自分が留守の間に客足が途絶え、売り上げが減ることを心配していた。なぜなら、客のほとんどが自分目当てであることを知っていたからだ。

町の情報を探っていた辰吉からそのことを聞きつけた慎三は、旅の髪結いという体で女将に近づき、女将そっくりに化粧したお咲を紹介した。そして、短期間であればここで働けると持ち掛けた。自分に瓜二つのお咲を見て驚愕した女将は、留守中、お咲に自分の替え玉になって欲しいと依頼した。こうしてお咲は、女将の替え玉として宿に居座り、林蔵と風坊に接近して〈沖島〉の情報を流したのだ。

慎三が部屋に上がると、新之丞、文七、辰吉、庄治、甚五郎の五人が待っていた。また、そこには林蔵の手下である風坊、佐之助、お凜の三人もいた。

慎三はお凜たちに頭を下げた。

「お三方のご助力、痛み入る」

「あんたに礼を言われる筋合いはないよ」とお凜が言った。

「そうかもしれない。だが、あんたたちがいなかったら、あそこまで神崎を追い込むことはできなかった」

林蔵の命に従って浜野に戻ったお凜は、大坂東町奉行所の神崎に接近し、情報を富之助に渡した。だが、そこで誤算が生じた。当然、治長と相談するものと思っていた富之助が、治長を守ろうとして単独で神崎のいる旅籠に乗り込んだのだ。

「あたいがもう少し考えて行動すればよかったよ……」と悔いるお凜を文七が慰めた。

「お凜さんに咎はありません」

「そうかね……」お凜は哀しげに呟いた。

風坊が話題を変え、「決め手となった間宮様の書状には驚きました」と文七を褒めた。「間宮様の筆跡をあれほどそっくりに再現できるとは」

「それが私の唯一の取柄です」と、文七は謙遜した。

辰吉が話に加わった。

「だが、あんたたち、いくら親分の指示だからといって、こんな得にもならないことのために、よく浜野に帰って来たな」

お凜は頰を膨らませた。

「こんな金にもならない仕事なんてしたくはないさ。だけど、あたいたちは間宮様に救ってもらった身の上だ。仕方ないさ」

「そうなのかい？」

「ああ」と風坊が頷いた。「蝦夷地探検を終えて江戸に戻る途中、間宮殿は奥州の各藩を訪ねて回られた。弘前で間宮殿から金を奪おうとした儂は、逆に叩きのめされ、そのまま手下になった。お凜は久保田藩で、そして佐之助殿は仙台藩で、それぞれ食うに困っていたところを拾われたのだ」

「それに、なにより、浜野の百姓を助けるためだと言われりゃ断れないよ。あたいらだって百姓の出だからね」

「そうだったのかい……」

その後、しばらく続いた雑談が途切れた頃合いを見計らって、慎三は庄治に目配せした。

頷いた庄治は隣の部屋に行き、金子の包みを手にして戻って来た。

慎三はそれを風坊たちの前に置いた。

「これはあんたたちの分だ」

「本当かい？」

お凜が伸ばした手を佐之助が押さえた。

「このような金を貰う謂れはない」

慎三は佐之助に向き直った。

「俺たち〈替え玉屋〉は金で結ばれた関係だ。それぞれの技量に応じて報酬を支払う。あんたたちはそれにふさわしい働きをした。正直、あんたたちの助けがなかったら、最後の最後でしくじるところだった」

風坊が佐之助に言った。

「そういうことなら受け取ってはどうだ？　間宮様のことだ、どうせ今回も、あの少ない扶持のなかから俺たちへの給金を工面するつもりだぞ」

「そうだよ」とお凜が頷いた。「浜野の領民のことなんか考えなければ、もっと踏み込んだ探索をして手柄を上げられたのに……。こんなだから、間宮様はいつまでたっても出世もできず、独り身なのさ。たまには、あたいたちのおごりで鰻でも食わせてやろうよ」

佐之助はしばらく考えると、頷いた。

「わかった。では、ありがたく頂戴しよう」

三　長月十四日　大坂

治長に別れを告げ、文七たちと陸路で大坂に戻った慎三は、そこで甚五郎と別れた。

一緒に江戸に戻ってはどうかと勧める慎三に、甚五郎は首を振った。

「今度のことで、俺の腕もまんざらじゃねえことは確認できたが、一方で、もっと上手くやれたんじゃねえかとも思うんだ」

「いや、あんたは十分やってくれたよ。今回の策はあんたがいたからこそ成り立ったんだ」

「だが、間宮の野郎は〈沖島〉のからくりに気づきやがった。まだまだだよ。だから、江戸に帰る前に、もう少し大坂で頑張りてえ」

「また、あの芝居小屋に戻るのかい？」

「ああ。悔しいが、座長の言うことは呑み込んで、一から修業をやり直してえんだ」

甚五郎の意志が固いことを知った慎三は、「わかった」と頷いた。「だが、江戸に戻ってきたら、必ず深川の店に顔を出してくれ。悪いようにはしない」

甚五郎はそうするともしないとも口にしないまま、微笑みながら手を上げ、「じゃあな」と言い残して人ごみに消えていった。

甚五郎の後ろ姿を見送っていた慎三は、やがて踵を返し、その足で岩田屋を訪れた。加代に会うためだった。

富之助の死を告げられた加代は蒼白になりながらも、「そうですか……」と気丈に答えた。

「お気を落とさぬようにと言ったところで、無理でしょうね」

沈痛な面持ちの慎三を、加代は潤んだ目で見返した。

「実は、なんだか、そうなるような気がしていました」

「え……？」

「岡本様のことを語る富之助さんの目は、あたかも、この人のためなら喜んで命を捨てると言っているように見えました。残念ですが、私とお話しになる時にあのような目をされたことはありません」

「そんなことはない。富之助さんは加代さんのことをとても大事に想っていらっしゃった」

加代は淋しげに微笑んだ。

「ありがとうございます。でも、富之助さんが命を懸けられた結果、浜野藩はお取り潰しを免れ、領民の方々が救われたのです。本懐を遂げられたと思って良いのでしょう。それに……」

「それに？」

「幼少期より兄弟同然に育った富之助さんを喪（うしな）った岡本様のことを思うと、胸が張り裂けそうになります。押しかけ女房同然に浜野に乗り込んだ私の悲しみなど、取るに足らないものです」

慎三は首を振った。

「人を想う心に優劣（ゆうれつ）などありません。加代様はご自分の悲しみを大切にされ、思う存分お泣きになればよいのです」

その言葉を聞いた瞬間、加代は込み上げてくる嗚咽（おえつ）を抑えることができなくなった。心の底から押し上げてくる感情は、やがて堰（せき）を切ったように溢（あふ）れ、号泣（ごうきゅう）となって流れ出した。

崩れ落ちる加代の体を、慎三は優しく支えた。

岩田屋から宿への帰路、慎三が向かったのは大坂城京橋門外だった。

そこで待つこと数刻。日も陰り、そろそろ諦（あきら）めて帰ろうとしたところに、その男はやってきた。編み笠姿の武士だ。大坂東町奉行所からの帰路であろう。

慎三はすっと歩み寄った。

武士は少しだけ編み笠を持ち上げた。隙間から火傷（やけど）のように爛（ただ）れた傷が見えた。

「ようやくお会いすることができました」

慎三が笑みを浮かべると、武士は小さく首を傾げた。

「以前、いずこかでお会いしたかな？」

「ええ。少なくとも、私は憶えております」

「ほう……」武士は不思議そうに訊いた「編み笠の上から顔がわかると？」

「いえ、似ているのは編み笠の下から覗いたお顔の傷です」

武士の体に一瞬の緊張が走った。

「この傷が、何か？」

慎三は編み笠を凝視すると、さりげない口調で言った。

「父を殺した男の顔にあったものとよく似ていました」

二人の間に沈黙が流れた。

武士の指先が少しずつ刀の柄に近づく。

それを目で追いながら、慎三は言葉を継いだ。

「ですが、それは私の思い違いだったのかもしれません……」

武士の指が止まった。

「なぜ？」

「十三年前に見た男があなただったとしても、この度の一件でお取りになった行動から察するに、私怨で人を殺めるような人ではなさそうだ」

「この度の一件？」

慎三は微笑んだ。

「お互い、化かし合いは止めましょう……、間宮林蔵殿」

間宮と呼ばれた武士は含み笑いを漏らした。

「そういうおぬしは〈替え玉屋〉の慎三殿か？」

「よくご存じで」

林蔵は編み笠を取った。

黒々と日焼けした皮膚に爛れた傷。一度見たら忘れられない、凄みのある顔だ。

「お凜たちに聞いたからな」

「浜野藩の件はどうなりました？」

「まだ調べは続いている。だが、大坂東町奉行所が送り込んだ密偵の神崎があの体たらくでは、詮議のしようもないだろう」

そう答えた林蔵は、遠くを見るような目で呟いた。

「なるほど。十三年前か……」

「はい」

しばらく間を置き、林蔵は「そういえば……」と呟いた。「その頃、江戸で、お世話になった方の家が火事になったことがある」

慎三の目が光った。

「火事……、ですか」

「ああ。拙者は取るものもとりあえず現場に向かったが、既に手の付けられない状態だった」

「現場に駆け付けたのは、火が出た後だったと?」

「そうだ。そこで、燃え盛る家に飛び込もうとして火消に取り押さえられている少年と目が合った」

「ほう……」

林蔵は、ぞっとするような三白眼で慎三を見据えた。

「江戸で風坊たちが富之助を襲ったとき、おぬしは背の高い浪人とともに邪魔に入ったな」

「そこまでご存じでしたか」

「儂はその様子を陰から見ておった。そして、おぬしとはどこかで会ったのではないかと、ふと思った」

「十三年前に、ですか？」

「あの時の少年の瞳が焼き付いていたのでな」

「先程、『お世話になった方の家が火事になった』と申されましたが……」

林蔵は頷いた。

「幕府天文方、沢村景友。〈大日本沿海輿地全図〉に拙者の蝦夷測量図を使うよう、伊能忠敬先生に推挙して下さった方だ」

暫くの沈黙の後、慎三は押し殺したような声で言った。

「私の父です……」

「やはりな」

「私は、あなたが下手人だと思っていました」

「人相(にんそう)の悪い、顔に傷のある男だからか？」

「子供の時分のこと故、お許しいただけるのであれば、正直、それもありました。しかし、疑った最大の理由は、目の合ったあなたが隠れるようにして現場から去ったことです」

「うろうろしていては疑われると思ったのでな」と、林蔵は弁解した。「この見てくれだ。これまでも、そういうことが何度かあった」

「そうですか……」

「その後、おぬしは？」

「意識が戻った時は、妹とはぐれ、大川の川端を彷徨っておりました。哀れに思った髪結いの主人が拾ってくれたのですが、その時、私は記憶を全て失っていたそうです。最近になって、少しずつではありますが、記憶が蘇ってきました」

「なるほど……」林蔵はゆっくりと腕を組んだ。「ということは、もしかすると、連中もそれに気づいているのやもしれんな」

「連中……？」

「おぬしの父を陥れた者たち、と言えばよいのかな……」

慎三は目を見開いた。

「ご存じなのですか？　父を殺した下手人を……」

林蔵はうーんと唸った。

「すべてを知っているわけではない」

「それでも結構です。ご存じのことを教えていただけませんか？」

林蔵はしばらく考えていたが、やがて、「これはあくまで推測だが……」と前置きしたうえで、口を開いた。「蝦夷地の正確な絵図があっては困る者たち、とでも言おうか……」

慎三は首を傾げた。

「どういう……意味でしょうか？」

「正確とは、測量の確かさのことではない。絵図への書き込みの正確さのことだ」

「ますますわかりません」

林蔵は慎三を促し、歩き始めた。

「儂は水戸の出身だ」

「それは存じています」

「水戸藩は江戸時代初期から蝦夷地に興味を持ち、二代藩主の光圀(みつくに)公は〈快風(かいふう)丸(まる)〉という巨船まで建造し、蝦夷地探検を行なわれた」

「なぜ、それほどまで蝦夷地に執着(しゅうちゃく)を？」

「蝦夷地には海産物、木材に加えて、〈あるもの〉があったからだ」

「あるものとは、もしかして……」

林蔵は頷いた。

「そう、金だ。江戸初期に蝦夷地を支配していた松前藩は知内川流域を中心にした金山開発を行い、そこから得られた金を五十年間、毎年、徳川幕府に五百両上納してきた」

「五百両を五十年間……。二万五千両も？」

「そうだ。松前藩は金山開発に必要な砂金掘りを募集し、一攫千金を目論む輩が蝦夷地に殺到した。一説によると八万人を超えたという。しかし、見境のない金山開発による自然破壊はアイヌの民の怒りを買い、『シャクシャインの乱』と呼ばれる反乱を誘発した。その結果、松前藩は金山開発の禁止令を出した」

「それ以降、金は掘られていないと？」

林蔵は微笑んだ。いや、本人はそのつもりなのだろうが、頰の傷が引き攣った様は不気味な薄ら笑いにしか見えない。

「松前藩が大人しく幕府の命に従うわけはない。実は、密かに金山技師を蝦夷地の奥地にまで派遣し、多くの金山を開発していた」

「まさか、水戸藩は、その金山ごと蝦夷地を奪ってしまおうとしたのですか？」

「そうだ。寛政十一年（一七九九）以降、南下政策を強力に推し進めるロシアを警戒した幕府は、松前藩を武蔵国、その後は陸奥国に転封し、蝦夷地を天領にした。そこで水戸藩は、蝦夷地の警備を引き受けるという名目で、蝦夷地への進出を幕府に掛け合った」

「ですが、それと父の死と、どのような関係があるのですか？」

「沢村殿は、〈大日本沿海輿地全図〉に私の蝦夷測量図を使うよう進言された。だが、私の測量図にはある〈からくり〉が仕込まれていた」

「〈からくり〉とは……、もしかして、隠し金山の在処が？」

林蔵は再び微笑んだ、いや、頬の傷を引き攣らせた。

「そうだ」

「では、あなたの蝦夷地探検は……」

「察しが良いな。儂は、表向きは幕府の役人であったが、裏では水戸藩の命に従っていた。そして、第七代藩主治紀公の命により、測量を装いながら隠し金山を探し、その位置を測量絵図に書き記してきた。無論、一目ではわからぬように工夫してじゃ。だが、それはあくまで水戸藩用に作ったもので、幕府に提出する絵図とは別のものだった」

「幕府用の絵図と水戸藩用の絵図の二つがあったということですか……」

「江戸に戻ると、治紀公はその二つの絵図を見比べたいと申され、儂はそれらを水戸藩に提出した。その後、幕府用の絵図が天文方に提出されたはずだったのだが、なぜか二つの絵図は入れ替わり、水戸藩用の絵図が天文方の沢村殿に渡った。そして、沢村殿はそれを〈大日本沿海輿地全図〉に使おうとしたのじゃ」

「なぜそんなことに？」

「よくはわからぬ。単なる手違いかもしれぬし、水戸藩の動きを察知した幕府の隠密の仕業かもしれぬ」

「それで水戸藩は慌てたと？」

林蔵は頷いた。

「天文方に渡ってしまった以上、いまさら差し替えは無理だ。そう判断した水戸藩は、沢村殿を排除し、その後釜に水戸藩の息のかかった者を据えることで、事態の収拾を図ろうとしたのではないかと思う」

「思う、とは……？」

「儂は、表向きはあくまで幕府の役人。さすがの水戸藩も、そこまでは儂には明かさぬ」

「では、下手人はわからぬと……？」

　間宮は歩きながら頷いたが、やがて足を止め、慎三を振り返った。

「だが、心当たりはある」

「え？」

「十三年前の火事の現場で、見知った男の顔を見た」

「それは？」

「あれは確か、森井庄左エ門の家臣の一人であった」

「森井……庄左エ門？」

「森井は旗本だが、水戸藩の息がかかっている。当時、森井は天文方を管轄する若年寄、京極高尚様の配下であった」

「なんと……」

「しかし、妙な気は起こさぬほうが良い。今や、森井は千石取りの大身旗本だ。残念だが、おぬしの敵う相手ではない。それに、すべては推察だ。証拠はない」

　林蔵は再び歩き始めた。

「先程、妹御がいると言っていたな。仇討ちよりも、まずは離れ離れになった妹御を探したほうが良いのではないか？」

だが、後ろを歩いているはずの慎三からはいつまで経っても返事がない。

不審に思った林蔵が振り返った時、そこに慎三の姿はなかった。

──なんと……。

視線を転じると、遠くから頭を下げている慎三が見えた。

──公儀隠密の儂に気づかせもせず、気配を消して去ったか……。

林蔵はゆっくりと首を振りながら腕を組み、呟いた。

「父の仇など討っても何も変わらぬ。それよりも、今与えられた境遇と仲間を大切にし、地道に生きることだ……」

終章

江戸に戻って四日目の夕刻。

久しぶりに清洲屋にやって来た替え玉屋一味は、奥の座敷で酒を酌み交わしていた。慎三、文七、辰吉と庄治の四人だ。新之丞は所用で外出しており、お咲は店を手伝っている。

食台には芋の煮ころがし、田楽、葱鮪（葱と鮪の煮物）といった、いつもの肴が並んでいる。

そこに、遅れて店にやって来たお春が顔を見せた。

「いらっしゃい。いつもご贔屓にしていただいて、ありがとうございます」

辰吉が赤ら顔を上げた。

「今日は店に出るのがえらく遅いじゃねえか」

「ちょっと用事が長引いちゃってさ」

「用事って、男にでも会っていたのかよ？」

「なに馬鹿言ってるんだよ？　お春ちゃんをいじめるんじゃないよ」と、盆に徳利を載せてやってきたお咲が辰吉を叱った。

お春はお咲に手を合わせた。

「ごめんね、遅くなって。忙しかったでしょう？」

徳利を食台に並べながら、お咲は笑って答えた。

「大丈夫。こういう酔っ払いは、酒さえあてがっておけば勝手に呑んでいるから」

「うるせえな」と言い返した辰吉は、酒で澱んだ目をお春に向けた。「酒の酌でもしてくれよ」

お春は辰吉の言葉を受け流し、着物の合わせに手をやると、折り畳まれた紙を抜き取って慎三に渡した。

「なんだい？」

「店の前で、知らない女の人から託されたんです。慎三さんに渡してくれって」

「へえ」

隣に座っていた文七が訊いた。

「どんな人でした？」

「綺麗な人でした。艶っぽくて、殿方の目を惹くような……」

文七は、少し考えると、慎三に言った。

「お凜さんではないですか？」

「へえ……」お春は目を細めた。「文七さんも知っているんですか？　あの女の人のこと」

「ええ」

「どちらの方ですか？」

「それは……」と文七が言い淀んでいると、庄治が顔を上げ、「おいらたちの敵です」と答えた。「それから味方になりました」

お春は眉をひそめた。

「どういうこと？」

「敵の敵は味方ってことさ」

慎三は笑みを浮かべると、文に目を通し、文七に渡した。

「間宮殿からだ」

それを読んだ文七は満足げに頷いた。

「大坂東町奉行所の神崎のやつ、奉行の矢沢にこっぴどく叱責を受けたのですね」

「ああ。ざまあねえや」

「結局、浜野藩はお咎めなしですか。良かったですね」

「証拠がねえんじゃ、罰しようもねえさ」

「慎三さんの策略のおかげですね」

慎三は首を振った。

「いや、俺の策は見抜かれていた。それを呑み込んでくれた間宮殿の懐の深さに救われた」

辰吉が頬を緩めた。

「やけに神妙じゃねえか」

「そういえば」と、文七が思い出したように言った。「江戸に帰る途中で立ち寄った大坂で、慎三さんは外をうろつき回っていましたよね。もしや、あの時に間宮殿と?」

「まあな……」

慎三は言葉を濁したが、それを逃すまいと、辰吉が身を乗り出してきた。

「で、どうだったんだい？」

「どう、とは？」

「とぼけるなよ。間宮の頬の傷に思い当たる節があるって言っていたじゃねえか？」

「確かに」と文七も頷いた。「危険な男だとも、放ってはおけないとも言っていましたよね」

　慎三は呆れたといった顔をした。

「おまえたち、どうでもいいことは憶えているな」

「はぐらかすなよ」

　いつの間にか、お春とお咲もこちらを凝視している。

　慎三は諦めたように溜息をついた。

「ああ、間宮殿に会った」

「それで？」

「どうやら俺の記憶違いだった」

「どういうことだい？」と辰吉が急かす。

「父を殺めたのは間宮殿だとばかり思っていたんだが、違っていたようだ」

「殺めた……？」

思ってもいなかった展開に、さすがの辰吉も二の句が継げなかった。

みな、黙って慎三を見つめている。

「おいおい、話せって言ったのはおまえらだぜ？」

「記憶が戻ったのですか？」と庄治が訊いた。

「あらかた、な……」

一呼吸置いた後、慎三は、間宮との会話の内容をかいつまんで話した。

その話を呆然と聞いていたお咲は、慎三が公儀天文方の嫡男だったというくだりで肩を細かく震わせた。お春が優しく押さえる。

話を聞き終えた文七はうーんと唸った。

「なるほど……。しかし、慎三さんの父上を陥れたのが森井という旗本だと判明したのは、なによりでは？」

「火事の現場でその家臣の一人を見たってだけだ。証拠は何もねえ」

辰吉が胸を叩いた。

「安心しな。俺がそいつの周辺を洗ってやるさ」

「偉いね、辰吉さん」とお春が褒めた。「そういうところは頼りになるね」

「そうかい？」と鼻を掻いた辰吉の隣で、「おいらも協力します」と庄治が声を上げた。

その頭を辰吉が叩いた。

「褒められたいからって真似するんじゃねえよ」

慎三は二人に「ありがとうよ」と礼を言った。

その時、外出から戻って来た新之丞が店に入って来た。

辰吉が手を上げた。

「おい、ここだ！」

店の奥まで入って来た新之丞は、腰の刀を抜くと、薄い座布団の上にどっと腰を下ろした。

慎三が盃を渡し、徳利から酒を注いだ。

「で、どうだった？」

新之丞は酒をぐっと煽ると、盃を食台に置いた。

「どうだったとは？」

「とぼけるなよ。ここ数日、江戸の療養所を片っ端から訪れているそうじゃねえか？」

「なぜ、それを？」

庄治がばつが悪そうにそっぽを向いた。

「なるほど、そういうことか……」

「で、見つかったのかい？　木崎とかいう親父さんの仇は」

庄治を睨みつけた新之丞は、苦笑いしながら答えた。

「佐之助という間宮の配下の浪人から聞いた話を頼りに千住まで行き、ようやくな」

「へえ」辰吉が身を乗り出した。「で、仇討ちは？」

新之丞は首を振った。

「果たせなかったのかい？」

「肺の病が進み、もはや足腰も立たぬ状態であった。目の前に横たわる、木の枝のように瘦せ衰えた男が父の仇であるとわかるまで、かなりの時間がかかった」

「なるほど……」

文七が徳利を持ち上げ、新之助の盃に酒を満たした。

「仇討ちは追う者も追われる者も地獄とは、よく言ったものですね」

満たされていく盃を見ながら、新之丞は「ああ」と力なく答えた。

「それで、これからどうするんだい？」と慎三が訊いた。

「どうするとは？」

「仇は討ったことにして、加賀の前野藩に戻るのかい？」

新之丞の瞳に哀しそうな影が過ぎった。

「藩から貰った仇討ちの猶予もとうに過ぎた。もはや帰藩することも叶わぬわ」

「そうかい。じゃあ、俺があんたの腕を買ってやってもいいぜ」

新之丞は眉をひそめた。

「どういう意味だ？」

文七が笑った。

「慎三さんも素直じゃないな。ひとこと、これまでどおり一緒にいてくれと言えばいいじゃないですか」

新之丞は慎三を見た。

「良いのか？」

「行くところがねえんじゃ、仕方ねえじゃねえか」

新之丞は足を組み直して正座すると、頭を下げた。

「宜しく頼む」

「やめなよ。すべてはこれまでどおり。そういうこった」

「だが、これからは少し忙しくなるかもしれねえぜ」と辰吉が付け加えた。

「ほう、それはまた何故？」

「慎三の記憶が戻り、親父さんの仇らしい奴の名前がわかった」

「なんと、拙者の次は慎三殿の仇討ちか？」

慎三は手を振った。

「別におまえたちの力を借りようと思ってはいない。これは俺の問題だ」

「しかし……」

新之丞が口を開けたところで、慎三は「腹が減ってないか？」と訊いた。

そういえば、朝から何も食べていない。

新之丞が頷くと、慎三はお春を呼んだ。

「あいよ」と威勢のいい声とともにやって来たお春に、慎三は「新之丞に、何か腹の足しになるものを持ってきてくんな」と頼んだ。

「今日はいい浅利があるので、深川飯でいいかしら？」

「浅利が売れ残った、の言い間違いじゃねえのか？」と辰吉がからかった。

それを無視して、お春は「皆さんも食べます？」と訊いた。

「ここの深川飯は絶品だ。いただこうぜ」

みなが頷くと、お春は「あいよ」と声を上げて厨房に戻っていった。

その後ろ姿を見ながら、文七が言った。

「深川飯で話の腰が折れましたが、慎三さんの記憶が戻ったことが先方に知れれば、なんらかの動きがあるでしょう。網を張っておけば引っかかるはずです」

辰吉が頷いた。

「その網は俺が張っておく」

庄治が真面目な顔で身を乗り出した。

「妹さんについては、おいらが探します」

新之丞が「拙者も手伝おう」と請け負った。

文七は頷き、慎三に向き直った。

「ですから、慎三さんは決して一人で動かないでください」

「おいおい、これは俺一人のことだと言っているじゃねえか」

文七は首を振った。

「そうではありません。これは損得勘定の問題です。慎三さんに万一のことがあれば、〈替え玉屋〉がなくなり、私たちは食っていけない。そういうことです」

「おまえたちは自分の腕で十分生きていけるさ」

「だが、慎三さんという看板なしでは実入りは減る」

辰吉も頷いた。

「そうそう。看板は大切にしなきゃな」

「おまえら、黙って聞いてりゃ」

言い返しはしたが、その物言いは柔らかだった。

しばらくして、お春が深川飯を運んできた。

辰吉が訊いた。

「浅利の旬は春だろう？　今時分の深川丼ってのは旨いのかよ？」

「何にも知らないんだね」とお春が呆れたような顔で言った。「関東じゃ浅利は秋も旬なんだよ」

「へえ……」

真っ先に深川飯を掻き込んだ庄治が目を輝かせた。

「旨い！」

文七も一口食べ、しんみりと言った。

「本当に旨い。富之助さんにも食べさせてあげたかったですね」

慎三が頷いた。

「ああ。だが、きっと富之助さんにとっては、子供の頃に御家老様と一緒に舐めた水飴以上に旨いものはなかったと思うぜ」

「そうですね」

微笑む文七を見ながら、慎三はそっと自分の懐に手を当てた。

そこには、桔梗屋の惣兵衛経由で届いた治長の文が納まっていた。文には、富之助が稼いだ資金で藩の借財が完済できたこと、そして、これから藩主、松野康時の説得のために江戸に向かうことが書かれてあった。ただし、江戸で腹を切るのではなく、富之助の分まで生きて生き抜き、粘り強く藩の財政を立て直すということだった。

――大丈夫。きっと富之助さんが助けて下さいますよ……。

心の中で呟いた慎三は箸を持ち、ぷりぷりと太った浅利の載った深川丼を思い切り掻き込んだ。

竹馬の契り　替え玉屋 慎三

一〇〇字書評

切り取り線

購買動機（新聞、雑誌名を記入するか、あるいは○をつけてください）

□（　　　　　　　　　　）の広告を見て
□（　　　　　　　　　　）の書評を見て
□ 知人のすすめで　　□ タイトルに惹かれて
□ カバーが良かったから　　□ 内容が面白そうだから
□ 好きな作家だから　　□ 好きな分野の本だから

・最近、最も感銘を受けた作品名をお書き下さい

・あなたのお好きな作家名をお書き下さい

・その他、ご要望がありましたらお書き下さい

住所	〒				
氏名		職業		年齢	
Eメール	※携帯には配信できません	新刊情報等のメール配信を 希望する・しない			

この本の感想を、編集部までお寄せいただけたらありがたく存じます。今後の企画の参考にさせていただきます。Eメールでも結構です。

いただいた「一〇〇字書評」は、新聞・雑誌等に紹介させていただくことがあります。その場合はお礼として特製図書カードを差し上げます。

前ページの原稿用紙に書評をお書きの上、切り取り、左記までお送り下さい。宛先の住所は不要です。

なお、ご記入いただいたお名前、ご住所等は、書評紹介の事前了解、謝礼のお届けのためだけに利用し、そのほかの目的のために利用することはありません。

〒一〇一－八七〇一
祥伝社文庫編集長　坂口芳和
電話　〇三（三二六五）二〇八〇

祥伝社ホームページの「ブックレビュー」からも、書き込めます。

www.shodensha.co.jp/bookreview

祥伝社文庫

竹馬の契り（ちくばのちぎり） 替え玉屋 慎三（かえだまや しんぞう）

令和 2 年11月20日　初版第 1 刷発行

著　者　尾崎 章（おざき しょう）
発行者　辻　浩明
発行所　祥伝社（しょうでんしゃ）
東京都千代田区神田神保町 3-3
〒101-8701
電話　03（3265）2081（販売部）
電話　03（3265）2080（編集部）
電話　03（3265）3622（業務部）
www.shodensha.co.jp
印刷所　萩原印刷
製本所　ナショナル製本
カバーフォーマットデザイン　中原達治
編集協力　㈱アップルシード・エージェンシー

Printed in Japan ©2020, Sho Ozaki ISBN978-4-396-34690-4 C0193

祥伝社文庫の好評既刊

西條奈加　**銀杏手習**（ぎんなんならい）

手習所『銀杏堂』に集う筆子とともに成長していく日々。新米女師匠・萌の奮闘を描く、時代人情小説の傑作。

葉室　麟　**蜩ノ記**　ひぐらしのき

命を区切られたとき、人は何を思い、いかに生きるのか？　大ヒットし数多くの映画賞を受賞した同名映画原作。

葉室　麟　**潮鳴り**　しおなり

『蜩ノ記』に続く、豊後・羽根藩シリーズ第二弾。〝襤褸蔵〟と呼ばれるまでに堕ちた男の不屈の生き様。

葉室　麟　**春雷**　しゅんらい

「〝鬼〟の生きざまを通して〝正義〟を問う快作」作家・澤田瞳子。日本人の凜たる姿を示す羽根藩シリーズ第三弾。

葉室　麟　**秋霜**　しゅうそう

「厳しい現実に垂らされた〝救いの糸〟のような物語」作家・安部龍太郎。感涙の羽根藩シリーズ第四弾！

葉室　麟　**草笛物語**

〈蜩ノ記〉を遺した戸田秋谷の死から十六年。蒼天に、志燃ゆ。泣き虫と揶揄される少年は、友と出会い、天命を知る。